新典社選書121

「源氏物語」巻首尾文論

半沢幹一著

新典社

目 次

序 章 …… 5
第一章 段落 …… 19
第二章 文の長さ …… 31
第三章 巻の長さ …… 49
第四章 引用 …… 60
第五章 冒頭語 …… 80
第六章 末尾語 …… 92

第七章　文の種類……113
第八章　文の内容……137
第九章　巻相互の関連性……153
第一〇章　各巻の照応関係……179
終　章……210
あとがき……221

序　章

「源氏物語」という作品

「源氏物語」が日本文学史における最高峰に位置することに、異論はないであろう。一千年以上を経た現代にあっても、新たな現代語訳が次々と出されているし、あちこちで市民講座も開かれている。これは「源氏物語」に、時代を越えてなお尽きることのない魅力がある証拠である。その本文がなかなか容易には読解できないことも含めて。

「源氏物語」は五四巻から成る長編物語として、今に伝えられている。しかし、当初からその全体が構想されたわけでも、一気に書き上げられたわけでもないらしい。各巻の順番さえ、元はどうだったのか分からない。こういう言い方をすれば、じつは本文にさえ同じことが当てはまってしまう。

その一々にかかずらわっていたのでは、とても小著は成り立たないので、以下の五点を前提として、検討を進めることにしたい。

(1) 各巻を、それぞれ独立した一作品、一文章とみなす。
(2) 各巻の配列は、一般に流布しているとおりとする。
(3) 全巻を、紫式部一人の手になるものとみなす。
(4) 全巻を、全体構成にかかわらず、同等に扱う。
(5) テキストには、岩波新日本古典文学大系本を用い、表記や句読はそれに従う。

あえてこのように断るのは、どの点をとっても、今なお異論・異説が見られ、議論が収束しているわけではないからである。その状況は、たとえば、『日本古典文学大辞典』(岩波書店)の「源氏物語」の項目に目を通してみただけでも、一目瞭然である。

冒頭文と末尾文（首尾文）

「源氏物語」冒頭の桐壺巻の冒頭の一文「いづれの御時にか、女御、更衣あまたさぶらひ給ひける中に、いとやんごとなき際にはあらぬがすぐれてときめき給ふ有けり」は、「枕草子」の「春はあけぼの」という冒頭文と同じくらい、あまりにも有名である。諳んじることのできる人も多いであろう。

しかし、それ以外の巻の冒頭文となると、どうであろうか。古典の教科書には若紫巻がよく取り上げられるが、その冒頭文の記憶はあるだろうか。おそらくほとんどの人は覚えていないのではあるまいか。まして、桐壺巻であれ若紫巻であれ、その末尾文となると、知っている人はごく限られるにちがいない。

このような、普通はほとんど関心を持たれることのない、各巻の冒頭文と末尾文（両文を指す場合は、以下「首尾文」と称する）を取り上げるのには、これまでの経緯がある。

これまで、『最後の一文』（笠間書院）、『向田邦子の末尾文トランプ』『藤沢周平　とどめの一文』（ともに新典社新書）などを公刊してきた。それらで試みてきたのは、それぞれのおもに短編小説において、首尾文のありようがその作品全体の意図や主題とどのように結び付いているかの解明である。

どんな文章にも始まりと終わりがあるのは確かであり、その位置に置かれる限りにおいて、その一文は両者の間にある多くの他の文とは、否応なく違った、特別の役割を果たす。その特別の役割が実際の作品においてどのように顕現しているかを見ようとしてきたのである。

実際に、個々の作品においては、その役割がきわめて明確に現われているものもあれば、稀薄なものもある。そこには作品の時代やジャンル・内容、書き手の文体の違いとの関連性も認められる。

「枕草子」と「源氏物語」

じつは古典文学作品についても、『「枕草子」決めの一文』（新典社新書）において、「枕草子」各章段の首尾文の特徴を指摘したのであるが、小著で取り上げる「源氏物語」と比べた場合、そもそも文章の性格がまったく異なるので、当然その首尾文のありようも違ってくることは十分に予想される。

まず、大きく異なるのは分量である。全体もさることながら、「源氏物語」の一巻と「枕草子」の一章段では、比べようもない。このことは、一つの巻における冒頭文と末尾文の照応関係のありように関わる。

次に、ジャンルである。「枕草子」は文学史的には随筆というジャンルに含められ、各章段はそれぞれ異なった内容になっているのに対して、「源氏物語」は全巻をとおして、光源氏を中心とした、一つながりの物語とみなされている。この違いは、「源氏物語」の場合、首尾文を巻単位で捉えるだけではなく、巻相互の連関という観点でも捉える必要があることを意味する。

もう一つ、書き手の露出度の違いもある。「枕草子」では、どのような形式・内容であれ、書き手である清少納言その人が前景化するのに対して、「源氏物語」では、物語であるから、書き手と作品の間に「語り手」が設定され、書き手としての紫式部自身が直接、出ることはない。

ということは、「源氏物語」の各巻をそれぞれ独立した作品とみなすならば、原則的に巻ごとの「語り手」を想定しなければならないことになる。もちろん、それによって、首尾文のありようにも違いが出る可能性がある。

以上から予想されるのは、「枕草子」より「源氏物語」のほうが、首尾文のありようを捉えるハードルが高く、同じ方法が適用しにくいということである。

文章としての各巻

筆者のそもそもの関心は、文章そのものの成り立ちにある。文章というのは、もっとも大きい言語単位で、話されたものとしての談話に対して、書かれたものを指す。「源氏物語」は語り、つまり話されたものとされるが、現物として対象となるのは、語られるため、あるいは読まれるために書かれたもの、つまり文章である。

文章は他の言語単位と同様に、単位としての、形式的な独立性と内容的な完結性が求められる。「源氏物語」という作品全体は、形式的にも内容的にも、一つの文章であると言えそうであるが、その全体を構成する五四巻それぞれをも一つの文章とみなせるかどうかについては、簡単には決しえない。

旧著『「枕草子」決めの一文』では、「枕草子」全体ではなく、各章段を一つの文章とみなして、その成り立ち方について、首尾文のありようから検討した。それは文章の単位としての独立性と完結性に、首尾文が強く関与していると予測したからであり、「枕草子」の場合、むしろ作品全体を一つの文章とみなせるかのほうが問題なのであった。

「源氏物語」の各巻を一つの文章とみなしうる根拠としては、少なくともそれぞれに異なる巻名が付され、外形的に一巻あるいは一帖として独立していることがある。あくまでも便宜的であったとか、たまたまそうなったとかいう可能性もなくはないが。

ただし、その事実は、必ずしも各巻の文章そのものが完結していることを意味するわけではない。たとえば、巻名は「若菜」で同じなのに、上下二巻に分かれている。分量の都合だけならば、上下それぞれを一つの文章とすべきではないかもしれないが、そうだとも言い切れない。

小著は、各巻を一つの文章とみなす立場から、それぞれの文章自体の完結性の如何を、それに強く関与すると見込まれる首尾文から探ってみようとするものである。

物語の概要

小著を読むにあたって、あらかじめ「源氏物語」全巻を通読しておくには及ばない。なにせ超長編、現代語訳でさえ読み通すには、それだけでもかなりの時間と根気が要る。むしろ、小著のような捉え方が妥当かどうか、後で「源氏物語」の、できれば原文にチャレンジして、当該部分を確かめてもらえればと思う。

とはいえ、物語についての最低限の知識がないと、そもそも小著での説明の意味が分からないということが予想されるので、高校の文学史的レベルのことのみ記しておきたい。

まず、全体の構成であるが、五四巻は次の順番で配列されている。

〔第一部〕正編

1 桐壺《きりつぼ》
2 帚木《ははきぎ》
3 空蝉《うつせみ》
4 夕顔《ゆうがお》
5 若紫《わかむらさき》
6 末摘花《すえつむはな》

7 紅葉賀《もみじのが》
8 花宴《はなのえん》
9 葵《あおい》
10 賢木《さかき》
11 花散里《はなちるさと》
12 須磨《すま》

13 明石《あかし》
14 澪標《みおつくし》
15 蓬生《よもぎう》
16 関屋《せきや》
17 絵合《えあわせ》
18 松風《まつかぜ》

19 薄雲《うすぐも》
20 朝顔《あさがお》
21 少女《おとめ》
22 玉鬘《たまかずら》
23 初音《はつね》
24 胡蝶《こちょう》

25 蛍《ほたる》
26 常夏《とこなつ》
27 篝火《かがりび》
28 野分《のわき》
29 行幸《みゆき》
30 藤袴《ふじばかま》

31 真木柱《まきばしら》
32 梅枝《うめがえ》
33 藤裏葉《ふじのうらば》

〔第二部〕正編

34 若菜《わかな》上
35 若菜下
36 柏木《かしわぎ》
37 横笛《よこぶえ》
38 鈴虫《すずむし》
39 夕霧《ゆうぎり》

40 御法《みのり》
41 幻《まぼろし》

〔第三部〕続編

42 匂宮《におうのみや》
43 紅梅《こうばい》
44 竹河《たけかわ》
45 橋姫《はしひめ》
46 椎本《しいがもと》
47 総角《あげまき》

48 早蕨《さわらび》
49 宿木《やどりぎ》
50 東屋《あずまや》
51 浮舟《うきふね》
52 蜻蛉《かげろう》
53 手習《てならい》

54　夢浮橋《ゆめのうきはし》

冒頭の桐壺巻で、皇子としての光源氏の生誕が語られ、四一番めの幻巻を最後に、その死が直接は示されないまま姿を消す。次の匂宮巻以降は、光源氏の代りに、光源氏と女三宮との名目上の息子である薫君が中心人物となって物語は展開し、その先行きが不透明なまま、最後の夢浮橋巻で閉じられる。

「源氏物語」全体の構成の捉え方としては、二部構成と三部構成の二つの立場がある。二部構成においては、桐壺巻から幻巻までを正編、匂宮巻から最後の夢浮橋巻までを続編とする。三部構成においては、正編をさらに二分して、第一部を桐壺巻から藤裏葉巻までの三三巻、第二部を若菜上巻から幻巻までの八巻、そして第三部を続編相当の一三巻とする。なお、続編または第三部のうち、宇治を舞台とする橋姫巻以降の最後の一〇巻をとくに「宇治十帖」と呼ぶこともある。

正編と続編は、光源氏が登場するか否かで分けられる。正編をさらに二部に分けるのは、三三番めの藤裏葉巻に至って、光源氏が准太上天皇にまで上り詰めるまでを第一部、三四番めの若菜上巻以降、光源氏の栄華の衰えから死に至るまでを第二部と区分することによる。

巻の配列は、多少の時間的な空白、時期の前後や重複もあるが、おおよそは光源氏および薫君の年齢順に即している。また、巻名には植物関係の語が目立つが、その多くは当該巻に登場する、光源氏と関わりのある女性を指している。

登場人物

各巻に描かれた物語の粗筋を示そうとすれば、それだけでまるまる一冊分が必要となるので、それは省き、以降の説明の参考となりそうな、各巻の物語において光源氏あるいは薫君と関わる、おもな女性の登場人物に限って、以下に挙げておく。

なお、「—」は女性が登場しないということではなく、光源氏や薫君との格別な関わりが描かれていないということである。

〔第一部〕

桐壺（光源氏：一歳／桐壺更衣・藤壺）、帚木（一七歳／空蟬）、空蟬（一七歳／空蟬・軒端荻）、夕顔（一七歳／六条御息所・夕顔）、若紫（一八歳／紫上・藤壺）、末摘花（一八歳／末摘花）、紅葉賀（一八歳／紫上・葵上・源内侍・藤壺）、花宴（二〇歳／朧月夜）、

葵（二二歳／六条御息所・葵上）、賢木（二三歳／朧月夜・藤壺）、花散里（二五歳／花散里）、
須磨（二六歳／―）、明石（二七歳／明石上）、澪標（二八歳／―）、蓬生（二八歳／末摘花）、
関屋（二九歳／―）、絵合（三一歳／―）、松風（三一歳／明石上・花散里）、
薄雲（三一歳／藤壺）、朝顔（三二歳／朝顔）、少女（三三歳／―）、玉鬘（三五歳／玉鬘）、
初音（三六歳／―）、胡蝶（三六歳／玉鬘）、蛍（三六歳／玉鬘）、常夏（三六歳／玉鬘）、
篝火（三六歳／玉鬘）、野分（三六歳／玉鬘）、行幸（三六歳／玉鬘）、藤袴（三七歳／玉鬘）、
真木柱（三七歳／玉鬘）、梅枝（三九歳／―）、藤裏葉（三九歳／―）

〔第二部〕

若菜上（光源氏：三九歳／紫上・女三宮）、若菜下（四一歳／紫上・女三宮）、
柏木（四八歳／女三宮）、横笛（四九歳／―）、鈴虫（五〇歳／女三宮）、夕霧（五〇歳／―）、
御法（五一歳／紫上）、幻（五二歳／―）

〔第三部〕

匂宮（薫君：一四歳／―）、紅梅（二四歳／―）、竹河（一四歳／玉鬘）、橋姫（二〇歳／―）、
椎本（二三歳／大君）、総角（二四歳／大君）、早蕨（二五歳／中君）、宿木（二五歳／中君）、
東屋（二七歳／浮舟）、浮舟（二八歳／浮舟）、蜻蛉（二八歳／女二宮）、手習（二八歳／浮舟）、

各巻には、その冒頭時点での光源氏と薫君の推定年齢も示した。巻全体としては、光源氏および薫君の年齢順に配列されていると言えるが、中には間隔が大きく開いているところ、年齢が重複しているところ、入れ違っているところがある。

たとえば、桐壺巻は光源氏元服（一二歳）までが描かれていて、一七歳から始まる帚木巻との間には五年間の空白がある。第三部冒頭の匂宮巻は、薫君元服の一四歳からいきなり始まるが、薫君の誕生は第二部の柏木巻に記されている。

重複がもっともはなはだしいのは、光源氏三六歳の時のことで、初音巻から行幸巻までの七巻が相当し、玉鬘との関係を中心に展開している。それ以外では三巻続きで、帚木巻から夕顔巻までの一七歳、若紫巻から紅葉賀巻までの一八歳、絵合巻から薄雲巻までの三一歳、のように、第一部に三個所見られ、第三部には浮舟巻から手習巻までの三巻に薫君二八歳の記述がある。

年齢が入れ違っているところとして、第三部の紅梅巻がある。当巻は薫君二四歳の時のことであるが、続く竹河巻は、直前の匂宮巻と同じく一四歳当時のことであり、年齢順ならば、紅梅巻は総角巻の前あたりが順当であろう。

論の構成

目次に示すように、小著では、「源氏物語」各巻の首尾文について、一〇種の観点から整理・検討を加え、その全体としてのありようを探る。

第一章の「段落」では、各巻の冒頭と末尾の段落の構成の仕方と首尾文との関係を見る。第二章の「文の長さ」では、首尾文それぞれの長さを比較する。第三章の「巻の長さ」では、各巻全体の長さと首尾文の長さとの相関性を確認する。第四章の「引用」では、首尾文に会話や和歌の引用が含まれているかどうかを探る。第五章の「冒頭語」では、首尾文それぞれの冒頭に位置する語、第六章の「末尾語」では、首尾文それぞれの末尾に位置する語を品詞別・内容分野別に整理する。

第七章の「文の種類」では、首尾文の性格を、判断文か否かで区分し、第八章の「文の内容」では、首尾文の内容の中心が、人事か自然かで区分する。第九章の「巻相互の関連性」では、配列順に、前巻の末尾文と後巻の冒頭文が内容的に関連するかどうかを吟味する。そして、第一〇章の「各巻の照応関係」では、冒頭文と末尾文の照応関係の度合いを、それまで取り上げてきた観点からグループ化して示す。終章では、巻ごとの首尾文のありようから、「源氏物語」全体としては一つの類型に収まらないことの意味するところについて考察する。

各章の論述にあたっては、例示する首尾文は、必要の都度、繰り返しをいとわずに引用する。ただ、その一々に対して、スペースの都合上、現代語訳は付さないが、巻の設定や展開との関わりを示す必要がある場合には、最低限の説明を施す。

最後に、「源氏物語」の本文について、一言触れておく。

「源氏物語」の原本は発見されていなくて、さまざまな写本・板本があるのみであり、その本文の異同も、首尾文も含め、小さいとも少ないとも言えない。小著の拠るテキストも、あくまでもその中の一つにすぎず、是々非々もあろうが、現在も広く用いられていることから、最初のとっかかりとして取り上げるのは不当ではあるまい。

第一章　段落

首尾文の認定

最初に、首尾文の取り上げ方について、断っておきたい。

古典の文章における一文としての切れ続きを判断するのは容易ではない。とくに和文においては句読点が付されることがなかったからである。当時にあっても、終止形や終助詞などがあることから、それなりの切れ続きの意識はうかがえるけれど、それが現代と同じという保証はない。言葉自体の切れ続きと、音読上の息継ぎのどちらを重視するかということもある。結果的に、校注者によって句読が、ある程度異なるのはやむをえないことである。

小著では序章で断ったように、一文としての認定は、とりあえず一貫して、拠るテキストの句点「。」に従うことにする。ただし、一文内の引用部分に付された句点は無視し、地の文に付された句点に限る。和歌の後には句点がないが、格助詞「と」などの受ける表現が続かない場合は、その和歌で終わる一文とみなす。

そのうえで、巻ごとに、冒頭文は文字どおり最初の一文、末尾文は最後の一文を対象とする。全部で五四巻なので、首尾文は五四のペアとなり、計一〇八文が検討対象となる。

段落の取り方

まずは、いきなり首尾文ではなく、それを含む冒頭と末尾の各一段落について見ておく。一文以上に、段落となると、写板本にはそもそもその体裁がないので、ほとんど校注者の内容の解釈しだいであり、大きく異なる場合もありうる。それを承知のうえで、とりあえずテキストに従って、改行一字下げの表示がされた、各巻の冒頭と末尾の一段落について、それぞれいくつの文から成るかを示すと、次のとおりである。

〔冒頭段落〕

一文：一七段落、二文：一六段落、三文：七段落、四文：八段落、五文：三段落、六文：二段落、七文：一段落

〔末尾段落〕

一文：八段落、二文：一二段落、三文：一〇段落、四文：八段落、五文：四段落、六文：三段落、七文：一段落、八文：七段落、一四文：一段落

〔合計〕

一文：二五段落、二文：二八段落、三文：一七段落、四文：一六段落、五文：七段落、六文：五段落、七文：二段落、八文：七段落、一四文：一段落

文字単位での一文の長さはまちまちなので、段落ごとの実際の分量は違うが、この一覧の合計を見る限り、一文～四文の段落が全体の約八割を占めている。

そのうち、冒頭段落のほうは一文と二文に集中しているのに対して、末尾段落のほうは分散の幅が広い。平均でも、冒頭段落が約二・五文なのに対して、末尾段落が約三・八文と、一・五倍になっている。

このことから推測されるのは、冒頭段落のほうが末尾段落よりも、ある程度、形式的にパター

ン化しているのではないかということである。

文数の対応

冒頭の段落と末尾の段落において、それぞれに含まれる文の数が一致対応している巻は、次のとおりである。

一文同士で対応：四巻（末摘花・花散里・蛍・東屋）
二文同士で対応：五巻（賢木・胡蝶・若菜上・紅梅・蜻蛉）
四文同士で対応：二巻（匂宮・総角）

以上で計一一巻、全体の二割程度しかない。それ以外の四三巻では、冒頭段落のほうが上回るのが一一巻、下回るのが三二巻あり、三倍ほど末尾段落の方が多い。

最大差は須磨巻で、冒頭段落が一文なのに対して、末尾段落は一四文から成っている。冒頭段落のほうが上回る場合の最大差は鈴虫巻と夢浮橋巻で五文差である。いっぽう、一文しか差がない巻は一六巻あり、一致する一一巻と合わせると、冒頭段落と末尾段落の文の数がほぼ一致するといえる段落全体のちょうど半分となる。

一文一段落

この中でとくに注目したいのは、一段落が一文のみというケースである。各五四文のうち、冒頭文では一七文、末尾文では八文がそれに当たる。合わせると二五文あり、巻全体の半分近くで、冒頭あるいは末尾のどちらかの段落が一文という計算になる。さらに、冒頭文と末尾文を比べると、一文で一段落を成す冒頭文が末尾文のほぼ倍あり、冒頭文全体の三分の一弱を占める。

一文で一段落というのは、相対的に文脈における、その一文の独立性が高いということである。それが冒頭あるいは末尾に位置しているとすれば、その段落は巻のメインとなる物語との関係が薄く、他の段落とは異なった役割をしていることが見込まれる。

具体的には、冒頭文の場合は、すぐにその巻の本題に入るのではなく、そのための前書きのような役割であり、それとの対応として、末尾文のほうは、後書きという位置付けになる。

両文とも一文一段落になっているのは、末摘花・花散里・蛍・東屋の四巻である。その四巻の首尾文について、それぞれの内容・役割の関係を具体的に確かめてみよう。

末摘花巻

まずは、「源氏物語」六番めに位置する末摘花巻（冒頭文は〔冒〕、末尾文は〔末〕で示す）。

〔冒〕 思へどもなを飽かざりし夕顔の露にをくれし心地を、年月経れどおぼし忘れず、こゝもかしこも、うちとけぬかぎりの、けしきばみ心ふかき方の御いどましさに、け近くうちとけたりしあはれに似る物なう恋しく思ほえ給ふ。

〔末〕 かゝる人〲の末ずゑ、いかなりけむ。（末摘花）

冒頭文に記されている内容の中心は、二つ前の夕顔巻に現われる夕顔という女性についてである。ということは、末摘花巻の冒頭文は夕顔巻が先行することを前提として成り立っていることになる。この巻に初めて登場することになる末摘花という女性については、まったく触れられていない。その意味では、この冒頭段落はこの巻の前書き的な内容を示すと言える。

末尾文は、「この人」ではなく、「かゝる人〲」という、緩い指示表現によって、この巻の末摘花だけでなく、それ以外に、これまで登場した女性も含めた表現になっている。としたら、

「いかなりけむ」という疑問表現とともに、この巻自体の後書きというよりは、これまでの物語全体の今後の成り行きを、語り手が聞き手に問いかけるという、別次元の語りになっていることになる。

花散里巻

一一番めの花散里巻の首尾文は、こうなっている。

〔冒〕　人知れぬ御心づからのもの思はしさは、いつとなきことなめれど、かくおほかたの世につけてさへわづらはしうおぼし乱るゝことのみまされば、もの心ぼそく、世中なべていとはしうおぼしならるゝに、さすがなる事多かり。

〔末〕　ありつる垣根も、さやうにてありさま変はりにたるあたりなりけり。　　（花散里）

この冒頭文は、「いつとなきことなめれど」とあるように、不穏な政治情勢に鬱屈した光源氏の状態が当巻以前から続いていることを、前書きのように示している。そして、次の段落から本題の花散里と称される女性に関わることが語られ始める。

末尾文は、それまで記されてきた男女関係から離れた風物の描写になっている点で、段落が分けられたと考えられる。ただし、そのさまを形容する「さやうにて」が指し示すのは、メインの花散里と対比的に持ち出された、かつて光源氏と関わりがあった、中川という地に住む女の心変わりのありようである。この末尾文の風物描写は、それと重ね合わされているので、付録的・付け足し的な位置付けになっている。

蛍巻

「源氏物語」も中盤の、二五番めの蛍巻の首尾文は、次のとおり。

〔冒〕いまはかく重〳〵しきほどに、よろづのどやかにおぼししづめたる御ありさまなれば、頼みきこえさせ給へる人〳〵、さま〴〵につけて、みな思ふさまに定まり、たゞよはしからで、あらまほしくて過ぐし給ふ。

〔末〕夢見たまひて、いとよく合はする者召して合はせ給ひけるに、「もし年ごろ御心に知られ給はぬ御子を、人のものになして、聞こしめし出づることや」と聞こえたりければ、「女子の人の子になる事はおさおさなしかし。いかなる事にかあらむ」など、

このごろぞおぼしのたまふべかめる。　　　　　　　　　　（蛍）

冒頭文は、花散里巻などと同様に、当巻の本題に入る前の、源氏と関わりのある女性たちの全体的に円満な現状を伝えるという前書きになっている。

それに対して、末尾文は光源氏とライバル関係にある内大臣と夕顔の間に生まれた玉鬘という女性をめぐる、それまでの出来事の続きであり、その点では、話題が転換するわけではない。しいて言えば、その前までの表現と違って、文末に「べかめる」という、内大臣の心中を推量する語り手の表現があることである。それによって、直前までの事実描写とは異なっているということから、この一文で一段落とされたのであろう。

東屋巻

「源氏物語」の終わり近く、五〇番めの東屋巻では、こうなっている。

〔冒〕　筑波山を分け見まほしき御心はありながら、端山の繁りまであながちに思入らむも、いと人聞きかろぐしうかたはらいたかるべきほどなれば、おぼし憚りて、御消息をだにえ伝へさせ給はず、かの尼君のもとよりぞ、母北の方に、の給しさまなどたび〳〵ほのめかしをこせけれど、まめやかに御心とまるべき事とも思はねば、たゞさまでも尋ね知り給らん事とばかりおかしう思ひて、人の御ほどのたゞ今世にありがたげなるをも、数ならましかばなどぞよろづに思ける。

〔末〕　やどり木は色かはりぬる秋なれどむかしおぼえてすめる月かな

と古めかしく書きたるを、はづかしくもあはれにもおぼされて、

里の名もむかしながらに見し人のおもがはりせるねやの月影

わざと返りこととはなくてのたまふ、侍従なむ伝へけるとぞ。（東屋）

冒頭文は、浮舟という女性に対する薫君の思いが描かれていて、この巻の本題に即しているが、次の段落は、薫君から離れて、浮舟の家族のことが記されているので、段落が分けられたと見られる。それだけでなく、この巻全体が薫君の思いを中心に展開しているので、その意味では、要約的な内容をあらかじめ示す、前書き的な役割を果たすと見ることもできる。

末尾文は、浮舟に仕える弁の尼君から送られてきた果物に添えられた和歌に対する薫君の返歌を示している。この全体を一文一段落とみなすかどうかは、微妙なところであろう。贈歌か

ら返歌への切り替えとして、「わざと」で始まる最後の一文で一段落とすることも、場面としては、直前の「尼君の方よりくだ物まいれり。箱の蓋に、紅葉、蔦などおりしきて、ゆへくしからず取りまぜて、敷きたる紙に、ふつゝかに書きたるもの、隈なき月にふと見ゆれば、目とゞめ給ふほどに、くだもの急ぎにぞ見えける」からの四文で一段落とすることもできそうである。

当面の範囲で段落が分けられるとしたら、尼君から果物が届いたということと、それにまつわる歌のありようという点で区別されることになる。とはいえ、この末尾段落は、一連の出来事の一部を記しているのであって、巻全体の後書きという性格を持つことにはなりそうもない。

一文一段落の役割

以上、冒頭文と末尾文の両方がその一文のみで一段落になっている巻を見てきた。確認してみると、末摘花巻の冒頭は前書き的、末尾は別次元の語り、花散里巻の冒頭は前書き的、末尾は付録的、蛍巻の冒頭は前書き的、末尾は視点転換的、東屋巻の冒頭は要約的、末尾は対象転換的、ということになろうか。

わずか四巻だけであるが、このような結果からは、冒頭文のほうは、ほぼその巻の前書き的な役割を果たしていると言ってよいであろう。それに対して、末尾文のほうは、その文末のありようも含め、何らかの転換は認められても、後書きとして見るには、巻によってのバラエティが目立つ。それでも、「源氏物語」前半の末摘花巻は語り手による別次元の語りによって物語をしめくくるのに対して、後半の蛍、東屋の二巻はそうではなく、物語の叙述のままで終わる傾向があると言えそうである。

第二章　文の長さ

行数

冒頭文と末尾文の一文構成を見るために、その基盤となる表現の長さを、テキストの行数単位で整理すると、次のようになる。

〔冒頭文〕

一行：一七文、二行：一〇文、三行：一四文、四行：四文、五行：四文、七行：三文、八行：二文

〔末尾文〕

一行：一六文、二行：一四文、三行：八文、四行：一〇文、六行：二文、七行：二文、

一一行：一文、一二行：一文

もっとも多く見られるのは冒頭文も末尾文も一行（三五字）以内であり、全体の三割程度、二行も含めると、半分以上になる。行数のばらつきは、末尾文のほうが一行から一二行までと、冒頭文よりも幅があるが、全体平均は、どちらも三行弱で、ほぼ同じである。

「源氏物語」というと、一文が長いというイメージがあろうが、少なくとも各巻の首尾文については、一行あるいは二行という一文が過半を占めていて、けっして長くはないのである。

短文例

テキストの表記に即して、一行の中でも、もっとも短い部類の例を挙げてみる。

〔冒頭文〕

斎院は、御服にておりゐ給にきかし。　（朝顔）

朱雀院の行幸は神な月の十日あまりなり。（紅葉賀）

〔末尾文〕

いとうれしきものから。（花宴）

かゝる人〴〵の末ずゑ、いかなりけむ。（末摘花）

秋つ方になれば、この君はひゐざりなど。（柏木）

このうち、花宴巻と柏木巻の末尾文には明らかな省略（あるいは倒置）が認められるが、それ以外は短文ながら、主述を備えた、整った一文になっている。

右に挙げた各一文は単に短いというだけではない。二行の文も含めた首尾文の五七文のうち、接続助詞を一つも用いていない文が半数以上の二九文もあり、文の構造自体も比較的単純になっている。

じつは、これに該当する二行の冒頭文の一つが、桐壺巻の冒頭文なのである。

いづれの御時にか、女御、更衣あまたさぶらひ給ひける中に、いとやんごとなき際にはあらぬがすぐれてときめき給ふ有けり。（桐壺）

残りの半分弱の文の大方も、接続助詞は一つか二つしか用いられていない。例外的に、三例もの接続助詞が見られるのは、次の末尾文のみである（接続助詞を四角囲みで示す）。

大方もの静かにおぼさるるころなればば、たうとき事どもに御心とまりて、例よりは日ごろ経たまふにや、すこし思ひ紛れけむとぞ。（薄雲）

長文例

例外的に長い、一〇行以上に及ぶ末尾文は、次の二例である。

中納言はこなたになりけりと見給て、「などかむげにさし放ちては出だし据ゑ給へる。御あたりには、あまりあやしと思ふまでうしろやすかりし心寄せを、我ためはおこがましきこともやとおぼゆれど、さすがにむげに隔て多からむは、罪もこそ得れ。近やかにて、むかし物語りもうち語らひ給へかし」など聞こえ給ものから、「さはありとも、あまり心ゆるひせんも、またいかにぞや。疑はしき下の心にぞあるや」とうち返しの給へば、一方ならずわづらはしけれど、我御心にもあはれ深く思ひ知られにし人の御心を、今しもをろかなるべきならねば、かの人も思ひの給ふめるやうに、いにしへの御代はりとなずらへきこえて、かう思ひ知りけりと、見えたてまつるふしもあらばやとはおぼせど、さすがに、とかくやと、方〴〵にやすからず聞こえなし給へば、苦しうおぼされけり。

（早蕨）

その御けしきを見るに、いとゞ憚りて、とみにもうち出で聞こえ給はねど、せめて聞かせたてまつらんの心あれば、いましもことのついでに思ひ出でたるやうに、おぼめかしうもてなして、「いまはとせしほどにも、とぶらひにまかりて侍しに、亡からむ後のことども言ひをき侍し中に、しか〴〵なん深くかしこまり申よしを、返々ものし侍しかば、いかなることにか侍りけむ、いまにそのゆへをなん、え思ひ給へ寄り侍らねば、おぼつかなく侍る」と、いとたど〴〵しげに聞こえ給に、さればよ、とおぼせど、何かはそのほどの事あらはしの給べきならねば、しばしおぼめかしくて、「しか人のうらみとまるばかりのけしきは、何のついでにかは漏り出でけん、と身づからもえ思ひ出でずなむ。さていましづかにかの夢は思ひ合はせてなむ聞こゆべき。夜語らずとか、女房の伝へに言ふなり」との給て、おさ〳〵御いらへもなければ、うち出で聞こえてけるを、いかにおぼすにか、とつゝましくおぼしけり、とぞ。（横笛）

右の二つの、極度に長い末尾文に共通するのは、次の二点である。

一つは、ともに会話のやりとりが含まれていることである。それが分量的には一文の半分近くを占めている。これは当該の場面描写で物語が終わっていることも意味する。

もう一つは、接続助詞が多用されていることである。地の文だけで、早蕨巻では、「て・から・ば・ど・ば・て・ど・ば」という八つの接続助詞、横笛巻では「に・て・ど・ば・て・に・ど・ば・て・て・ば・を」という一二もの接続助詞によって、一つながりの長い文になっている。どちらの文も文末は「おぼす」になっているので、これらの長い一文は、心の中の一つに定まらぬ思いをそのままに描いた結果と言える。

巻順の冒頭文

巻の配列順で、行数がどのようになっているかを見てみる。

まずは冒頭文について指摘できることは、次の三点である。

第一に、同じ行数の冒頭文が連続するのは、次の七個所という点である（巻名の後のカッコ内の数字は配列順を示す）。

〔一行〕　紅葉賀（7）・花宴（8）／橋姫（45）・椎本（46）／浮舟（51）・蜻蛉（52）・手習（53）・夢浮橋（54）

〔二行〕　帚木（2）・空蟬（3）・夕顔（4）／横笛（37）・鈴虫（38）／総角（47）・早蕨（48）

〔三行〕　玉鬘（22）・初音（23）・胡蝶（24）・蛍（25）

一行の連続が三個所、二行の連続が三個所、三行の連続が一個所ある。このうち、連続二巻が四個所、連続三巻が一個所、連続四巻が二個所ある。合計で一九巻、全体の三分の一以上の巻が同行連続に関わっている。

これらは帚木巻に始まり、最後の夢浮橋巻までにわたり、全体に分散しているが、橋姫巻以降の、いわゆる宇治十帖では、東屋巻をはさんで、同じ長さの冒頭文の連続が目を引く。

第二に、五行以上の長い冒頭文がある巻は、次のとおりである。

若紫（5）〔八行〕、蓬生（15）〔七行〕、絵合（17）〔五行〕、少女（21）〔五行〕、
篝火（27）〔七行〕、野分（28）〔五行〕、藤袴（30）〔八行〕、竹河（44）〔五行〕、
東屋（50）〔七行〕

第一点の、一行から三行までの短い同行連続の間にあって、飛び飛びに長さの変化を付けるかのように、配置されている。

第三に、「源氏物語」を、三部構成として見ると、冒頭文の平均の長さは、第一部と第二部がともに約二・五行、第三部が約一・八行であり、第三部に入ると、短くなる。

巻順の末尾文

末尾文についても見ると、まずは同行の連続は、冒頭文と同様、次の七個所に見られる。

〔一行〕　末摘花（6）・紅葉賀（7）・花宴（8）／野分（28）・行幸（29）／
　　　　橋姫（45）・椎本（46）・総角（47）
〔二行〕　桐壺（1）・帚木（2）／夕霧（39）・御法（40）／
　　　　松風（18）・薄雲（19）・朝顔（20）・少女（21）・玉鬘（22）
〔三行〕　若菜下（35）・柏木（36）

一行の連続が三個所、二行の連続が三個所、三行の連続が一個所ある。このうち、連続二巻が四個所、連続三巻が二個所あり、連続五巻というのも一個所ある。合計で一九巻、全体の三分の一以上の巻が同行連続に関わっているのは、冒頭文と同じであり、それらがほぼ全体に分散しているのも、冒頭文同様である。

第二に、五行以上の長い末尾文がある巻は、次のとおりである。冒頭文に比べると、物語後半の巻に傾いていることが分かる。

澪標（14）〔七行〕、真木柱（31）〔六行〕、横笛（37）〔一二行〕、紅梅（43）〔六行〕、

早蕨（48）〔一一行〕、宿木（49）〔七行〕

第三に、三部構成として見ると、末尾文の平均の長さは、第一部が約二・五行、第二部が約三・三行、そして第三部が約四・〇行であり、冒頭文とは反対に、しだいに長くなっている。つまり、とくに第三部は、第一・第二部に比べ、冒頭文が短く、末尾文が長くなっているという、目立った特徴があるということである。

巻ごとの対応

巻ごとに、冒頭文と末尾文の長さがどのように対応しているかを整理すると、次のとおり。

冒頭文＞末尾文：二三巻
冒頭文＜末尾文：二二巻
冒頭文＝末尾文：　九巻

冒頭文と末尾文で長さが異なる巻が全体の八割以上を占め、そのどちらかが長いのはほぼ同じである。

ただし、その行数差を見ると、末尾文のほうが長い場合、一行差が九例、二行差が五例、冒頭文のほうが長い場合、一行差が四例、二行差が八例である。ともに半分以上は一、二行程度の差ということであり、それと同行を合わせると、三五例となり、全体の六割はほぼ同程度の長さということになる。

極端な差があるのは、先に示した、末尾文が例外的に長い早蕨巻と横笛巻で、どちらも冒頭文が二行なので、九行と十行の差になっている。冒頭文のほうが長い場合の、最大差は六行で、蓬生巻と藤袴巻の二巻に見られる。この二巻の六行差がどの程度なのか、次に示す。

〔冒〕　藻塩たれつゝわび給ひしころをひ、みやこにもさま〴〵におぼし嘆く人多かりしを、さてもわが御身のより所あるは、一方の思ひこそ苦しげなりしか、二条の上などものどやかにて、旅の御住みかをもおぼつかなからず聞こえ通ひ給つゝ、位を去りたまへる仮の御よそひをも、竹のこのよのうき節を、時〴〵につけてあつかひきこえ給ふに慰め給けむ、なか〳〵その数と人にも知られず、立ち別れ給ひしほどの御ありさまをもよその事に思ひやり給ふ人〴〵の、下の心くだき給たぐひ多かり。

〔末〕いままたもついであらむおりに、思出でて聞こゆべきとぞ。（蓬生）

〔冒〕内侍のかみの御宮仕へのことを、たれもくそゝのかし給も、いかならむ、親と思ひきこゆる人の御心だにうちとくまじき世なりければ、ましてさやうのまじらひにつけて、心より外に便なき事もあらば、中宮も女御も、方ぐにつけて心をき給はば、はしたなからむに、我身はかくはかなきさまにて、いづ方にも深く思とゞめられたてまつれるほどもなく、浅きおぼえにて、たゞならず思ひ言ひ、いかで人笑へなるさまに見聞きなさむとうけひ給人ゝも多く、とかくにつけてやすからぬことのみありぬべきを、ものおぼし知るまじきほどにしあらねば、さまぐに思ほし乱れ、人知れず物嘆かし。

〔末〕「女の御心ばへは、この君をなんもとにすべき」と、おとゞたち定めきこえ給けりとや。（藤袴）

これほどの分量差があると、冒頭文と末尾文の照応関係を認めるのは難しい。

それでも、蓬生巻については、冒頭文と末尾文はそれぞれの位置における特別のテキスト機能、すなわち冒頭文は当巻の物語の前提状況の説明、末尾文は物語の続きに関する語りという役割を果たしているという点で照応する。

藤袴巻については、冒頭文は出仕を前にしてあれこれと思い煩う玉鬘の心中を描き、末尾文の「おとゞたち」が噂する「この君」も玉鬘のことであり、話題としては共通している。

同行対応

冒頭文と末尾文の行数が同じケースは七例あり、全体からすれば、少数派になる。しかし、だからこそ、その表現形式には照応関係があからさまに示されることが期待される。

一行同士が五巻、二行同士が二巻、三行同士が二巻の、計九巻である。行数順にそれぞれの冒頭文と末尾文を挙げておく。

〈一行対応〉

〔冒〕　朱雀院の行幸は神な月の十日あまりなり。

〔末〕　月日の光の空に通ひたるやうにぞ世人も思へる。（紅葉賀）

〔冒〕　きさらぎの二十日あまり、南殿の桜の宴せさせ給。

〔末〕　いとうれしきものから。　　　　　　　　　　　　　（花宴）

〔冒〕　いと暑き日、東の釣殿に出で給ひてすゞみ給ふ。

〔末〕　御対面のほど、さし過ぐしたることもあらむかし。　（常夏）

〔冒〕　衛門の督の君、かくのみなやみわたり給こと猶をこたらで、年もかへりぬ。

〔末〕　秋つ方になれば、この君はひゐざりなど。　　　　　（柏木）

〔冒〕　宮、なをかのほのかなりし夕べをおぼし忘るゝ世なし。

〔末〕　なへたる衣をかをにをしあてて臥したまへりとなむ。（浮舟）

〈二行対応〉

〔冒〕　いづれの御時にか、女御、更衣あまたさぶらひ給ひける中に、いとやんごとなき際にはあらぬがすぐれてときめき給ふ有けり。

〔末〕　光君と言名は高麗人のめできこえてつけたてまつりける、とぞ言ひ伝へたるとなむ。（桐壺）

〔冒〕　あまた年耳馴れたまひにし川風も、この秋はいとはしたなくものがなしくて、御はての事いそがせたまふ。

〔末〕　宮のおぼしよるめりし筋は、いと似げなき事におもひ離れて、大方の御後見は、われならでは又たれかは、とおぼすとや。（総角）

〈三行対応〉

〔冒〕　やよひの二十日あまりのころほひ、春の御前のありさま、常よりことに尽くしてにほふ花の色、鳥の声、ほかの里には、まだ古りぬにやとめづらしう見え聞こゆ。

〔末〕　この岩漏る中将も、おとゞの御ゆるしを見てこそ、かたよりにほの聞きて、まことの筋をば知らず、たゞひとへにうれしくて、をり立ちうらみきこえまどひありくめり。（胡蝶）

〔冒〕　かくおぼしいたらぬことなく、いかでよからむことはと、おぼしあつかひ給へど、このをとなしの滝こそうたていとおしく、南の上の御をしはかりごとにかなひて、かるぐしかるべき御名なれ。

〔末〕　殿も、「ものむつかしきおりは、近江の君見るこそ、よろづ紛るれ」とて、たゞ笑ひぐさにつくり給へど、世人は、「はぢがてら、はしたなめたまふ」など、さまぐ言ひけり。（行幸）

照応関係

ざっと見る限りでは、これらの首尾文全体をとおして、長さが同程度である以外に、共通する表現上の関係は見出しがたそうである。

そもそも行数というアバウトな基準なので、字数としてもほぼ同じと言えるのは、紅葉賀・常夏・浮舟・胡蝶の四巻くらいで、花宴・桐壺・柏木・行幸の四巻では冒頭文の字数のほうが多く、総角巻だけは末尾文の字数がやや多くなっている。

それはともかく、傾向として、冒頭文と末尾文が照応しているとみなせる点を挙げるとすれば、次の三点になろうか。

一つめは、同行の場合の冒頭文と末尾文はどれも三行以内に収まっているという点である。そのうち、一行同士が五巻、二行同士が二巻、三行同士が二巻であるから、首尾文の長さの全体平均より低めに押さえられている。

二つめは、行幸の一巻以外は、冒頭文も末尾文も、会話などの引用を含まない地の文であるという点である。引用については後章で取り上げるが、冒頭文と末尾文が同行である場合は、引用せずに、地の文のみで示されるということである。

三つめは、行幸と柏木以外の巻では、冒頭文も末尾文も、順接（ば）や逆接（ど）という、曲折の強い接続助詞を用いていないという点である。これは、ともに表現展開がスムーズな一文になっていることを意味する。

これらに対して、表現形式上、照応しているとはみなしがたい点のほうも挙げる。

それは、行数の如何にかかわらず、冒頭文のほうはすべて文末が完結しているのに対して、末尾文のほうは、九巻のうち五巻が、「から」（花宴）、「など」（柏木）、「となむ」（浮舟・桐壺）、「とや」（総角）のように、完結しない文末表現になっているという点である。

その他に、終助詞の「かし」（常夏）や推量の助動詞「めり」（胡蝶）のように、語り手の感情や判断が示される文末も、末尾文にしか見られない。

この事実は、冒頭文と末尾文の照応関係としてではなく、それぞれの位置にある文としての性格の違いが反映した結果であり、末尾文のほうにそれが顕著に見られるということである。

逆に、冒頭文としての性格が顕著な例として、時間設定の表現を挙げることができる。冒頭文のほうでは、「神な月の十日あまり」（紅葉賀）、「きさらぎの二十日あまり」（花宴）、「いと暑き日」（常夏）、「年もかへりぬ」（柏木）、「いづれの御時にか」（桐壺）、「あまた年」（総角）、「やよひの二十日あまりのころほひ」（胡蝶）のように、九例中七例に、時間設定に関する表現が見られる。末尾文にあっては、柏木巻に「秋つ方」とあるのが唯一で、その点で冒頭文と照応しているが、他巻の末尾文には、このような共通点は見られない。

第三章　巻の長さ

巻の長さ

巻ごとの首尾文との関係から、各巻の長さについても確認しておきたい。

「源氏物語」各巻の長さは一律ではなく、かなりの幅がある。テキストの頁数で概算すると、もっとも短いのがたった三頁の篝火巻、もっとも長いのが九八頁の若菜下巻と宿木巻である。中央値が二七頁で、行幸と橋姫の二巻がそれに相当する。

便宜的に全体をほぼ三分して、三頁から一八頁までの一九巻を〔短〕、一九頁から三九頁までの一七巻を〔中〕、四〇頁から九八頁までの一八巻を〔長〕とすると、平均頁数は、〔短〕が約一三頁、〔中〕が約二七頁、〔長〕が約六一頁となり、順にほぼ倍に長くなる。
それぞれに該当する巻を配列順に示すと、次のとおりである（カッコ内は頁数）。

〔短〕空蟬（一一）・花宴（一〇）・花散里（四）・関屋（五）・絵合（一八）・松風（一〇）・初音（一三）・篝火（三）・野分（一七）・藤袴（一四）・梅枝（一八）／横笛（一八）・鈴虫（一四）・御法（一八）／匂宮（一三）・紅梅（一二）・椎本（一六）・早蕨（一八）・夢浮橋（一六）

〔中〕桐壺（二四）・末摘花（三一）・紅葉賀（二八）・明石（三九）・澪標（三一）・蓬生（二三）・薄雲（三一）・朝顔（二一）・胡蝶（二〇）・蛍（一九）・常夏（二一）・行幸（二七）・真木柱（三七）・藤裏葉（二三）／柏木（三九）・幻（二一）／橋姫（二七）

〔長〕帚木（四五）・夕顔（四七）・若紫（四七）・葵（四六）・賢木（四九）・須磨（四二）・少女（五一）・玉鬘（四〇）／若菜上（九七）・若菜下（九八）・夕霧（六八）／竹河（四〇）・総角（八五）・宿木（九八）・東屋（六一）・浮舟（六八）・蜻蛉（五四）・手習（六三）

短・中・長とりまぜて、全体に分散しているが、三部構成として、それぞれの該当巻数を整理すると、次のとおりである。

第一部：〔短〕一一巻　〔中〕一四巻　〔長〕八巻
第二部：〔短〕三巻　〔中〕二巻　〔長〕三巻
第三部：〔短〕五巻　〔中〕一巻　〔長〕七巻

どの部においても、長さに関して極端な集中は見られないが、部ごとの平均頁数を見ると、第一部が約二六頁、第二部が約四〇頁、そして第三部が約五一頁になり、部を追うにつれ、一巻あたりの分量が格段に増えていることが分かる。

首尾文の長さ

なぜ各巻の長さを問題にしたかというと、それが首尾文の長さと相関するかどうかを見るためである。単純な予測では、短い巻では首尾文も短く、長い巻では首尾文も長いのではないかということである。

しかし、短・中・長の三区分で、それぞれの首尾文の行数平均を出すと、〔短〕では六・五行、〔中〕では四・九行、〔長〕では五・七行となり、首尾文の各平均行数に大差はなく、巻の長短とは相関せず、ほぼ一定している。

むしろ、巻の長さとは逆行する結果も見られる。冒頭文と末尾文（冒／末）の合計が一〇行以上になる巻は、〔短〕に藤袴巻（八／二）、横笛巻（二／一二）、早蕨巻（二／一一）の三巻もあるのに対して、〔中〕では澪標巻（三／七）の一巻、〔長〕にも若紫巻（八／三）の一巻があるのみ。対するに、合計が最低の二行と短かめな巻は、〔短〕に花宴の一巻しかないのに、〔中〕に紅葉賀・常夏・柏木の三巻、〔長〕にも浮舟の一巻、という具合である。

短い巻の照応関係

各巻の長さを問題にした、もう一つの理由は、冒頭文と末尾文の照応関係に対する意識が、分量の加減によって変わるのではないかと予想されることである。すなわち、短い巻ほど照応関係が認められやすいのではないかということである。

それを、短い巻の中でも、もっとも短い部類の三〜五頁しかない花散里・篝火・関屋の三巻の首尾文で検証してみる。

まずは、花散里巻から。

〔冒〕　人知れぬ御心づからのもの思はしさは、いつとなきことなめれど、かくおほかたの世につけてさへわづらはしうおぼし乱るゝことのみまされば、もの心ぼそく、世中なべていとはしうおぼしならるゝに、さすがなる事多かり。

〔末〕　ありつる垣根も、さやうにてありさま変はりにたるあたりなりけり。（花散里）

この冒頭文と末尾文はそれぞれ一文で一段落ということで、すでに取り上げたものであるが、一文一段落という形式面で照応しているだけでなく、内容としても、冒頭文が巻の前書き的であるのに対して、末尾文は付け足しで後書き的になっているという点で照応している。

次は、篝火巻。

〔冒〕　このごろ、世の人の言種に、内の大殿の今姫君と、ことに触れつゝ言ひ散らすを、源氏のおとゞ聞こしめして、「ともあれかくもあれ、人見るまじくて籠りゐたらむ女子を、なをざりのかことにても、さばかりにものめかし出でて、かく人に見せ言ひ伝へらるゝこそ、心得ぬことなれ。いと際ぐ〳〵しうものし給ふあまりに、深き心をも尋ねず持て出でて、心にもかなはねば、かくはしたなきなるべし。よろづの事、もてなしがらにこそなだらかなるものなめれ」といとおしがり給ふ。

〔末〕 絶えせぬ仲の御契をろかなるまじきものなればにや、この君たちを人知れず、目にも耳にもとゞめ給へど、かけてさだに思ひよらず、此中将は心のかぎり尽くして、思ふ筋にぞ、かゝるついでにも、え忍びはつまじき心ちすれど、さまよくもてなして、おさ〳〵心とけても掻きわたさず。 (篝火)

どちらも長めであり、一文として完結している点でも共通している。内容的にも、この冒頭文は、光源氏が近江君について案じていること、末尾文は柏木が玉鬘のことを気に掛けていることをそれぞれ示している。その主体の違いはあれ、近江君と玉鬘の境遇を対比的に描いていると見れば、関心対象の女性の対比という点で首尾照応が意図されたと見られなくもない。

最後は、関屋巻。

〔冒〕 伊予の介といひしは、故院かくれさせ給て又の年、常陸になりて下りしかば、かの帚木もいざなはれにけり。

〔末〕守もいとつらう、「をのれをいとひ給ふほどに、残りの御齢は多くものし給らむ、いかでか過ぐし給ふべき」などぞ、あいなのさかしらや、などぞはべるめる。（関屋）

冒頭文も末尾文も、帚木こと空蟬が関心の対象となっている点では一貫・照応している。ただ、冒頭文ではその夫である伊予介、末尾文では空蟬に心を寄せる河内守が取り上げられている点で異なるだけでなく、末尾文に見られる「などぞはべるめる」という語り手の露出が冒頭文にはないという点でも異なる。

以上の三巻を見る限り、それなりの照応関係は認められなくもないものの、巻自体が短いというだけで、単純に、冒頭文と末尾文にあからさまな照応関係があるとまでは言いがたい。

中ほどの巻の照応関係

〔中〕区分の平均値の二八頁前後の長さの巻である紅葉賀と橋姫の二巻の首尾文は、次のようになっている。

〔冒〕　朱雀院の行幸は神な月の十日あまりなり。
〔末〕　月日の光の空に通ひたるやうにぞ世人も思へる。　（紅葉賀）
〔冒〕　そのころ、世に数まへられ給はぬ古宮おはしけり。
〔末〕　何かは、知りにけりとも知られたてまつらむ、など心に籠めて、よろづに思ひゐたまへり。　（橋姫）

どちらの巻の冒頭文と末尾文も、短かめであり、かつ完結した文末形式であるという点で共通しているが、内容としては直接的な照応関係は見出せそうもない。

あえて言えば、紅葉賀巻の冒頭文は「朱雀院」（＝桐壺帝）の行幸に関してであり、末尾文は桐壺帝と藤壺との間に生まれたことになっている皇子と光源氏のありさまに関してであり、どちらも桐壺帝がらみであるという点では共通する。

また、出来事の日程を示す冒頭文と、出来事に対する「世人」つまり当事者以外の思いを示す末尾文は、出来事それ自体の説明・描写ではないことから、前書き・後書きという性格を帯びている点で共通する。

橋姫巻の冒頭文は新たに登場する「故宮」（＝八宮）という人物の紹介であり、前書きらしい一文であり、それがやがてその娘である大君と中君という姉妹との関わりを持つ薫君の物語となる。末尾文も母である女三宮のことを案じる薫君に関する記述であるから、どちらも薫君につながるという点では関連し合っている。

長い巻の照応関係

〔長〕の区分において、もっとも長い部類の九七〜九八頁に及ぶ若菜上・若菜下・宿木の三巻の冒頭文と末尾文を取り上げてみる。

〔冒〕　朱雀院の御門、ありし御幸の後、其比ほひより、例ならず悩みわたらせ給。

〔末〕　一日は、つれなし顔をなむ。めざましうとゆるしきこえざりしを、見ずもあらぬやいかに。あなかけくし。

と、はやりかに走り書きて、

いまさらに色にな出でそ山桜をよばぬ枝に心かけきと

かひなきことを。

とあり。　　　　　　　　　　　　　　　　　　　（若菜上）

〔冒〕　ことはりとは思へども、うれたくも言へるかな、いでや、なぞ、かくことなる事なきあへしらひ許を慰めにては、いかゞ過ぐさむ、かゝる人づてならで、ひと事をものたまひきこゆる世ありなむや、と思ふにつけても、大方にてはおしくめでたしと思ひきこゆる院の御ため、なまゆがむ心や添ひにたらん。

〔末〕　例の五十寺の御誦経、又かのおはします御寺にも、魔訶毘盧遮那の。　（若菜下）

〔冒〕　その比、藤壺と聞こゆるは、故左大臣殿の女御になむおはしける。

〔末〕　「ゐ中びたる人どもに、忍びやつれたるありきも見えじとて、口がためつれど、いかゞあらむ、下種どもは隠れあらじかし。さていかゞすべき。一人ものすらんこそなかく心やすかなれ。かく契深くてなんまいり来あひたる、と伝へ給へかし」との給へば、「うちつけに、いつの程なる御契りにかは」とうち笑ひて、「さらば、しか伝へ侍らん」とて入るに、

かほ鳥の声も聞しにかよふやとしげみを分けてけふぞ尋ぬる

たゞ口ずさみのやうにの給ふを、入りて語りけり。　（宿木）

これら三巻において、若菜上巻と宿木巻の冒頭文は非常に短く、対する末尾文は書簡や会話の引用を含んでいて長く、分量的なバランスがとれていない。逆に、若菜下巻は末尾文が文末が完結しない短文であるのに対して、冒頭文は心話文が中心の長い一文になっている。

一見して明らかなように、形式的には、各巻の冒頭文と末尾文の間には、ほとんど照応関係を認めることができない。わずかに、若菜上巻と宿木巻には、文末形式（用言終止と「けり」終止）という共通性が認められる程度である。

長い巻はその分だけ、物語の時間的な経過もあり、人間関係も場面も多様に展開されるので、その展開に即す限り、冒頭と末尾で共通する内容が描かれるのは、よほどの照応意図がない限り、きわめて考えにくい。ただし、そのような次元とは別に、冒頭だから、あるいは末尾だからという、その文章における位置に関して、他の文とは異なる、特別な意識や配慮があったのではないかということはうかがえる。

たとえば、冒頭文らしい点としては、若菜上巻のこれまでの状況説明や宿木巻の新たな人物紹介、末尾文らしい点としては、若菜下巻の言いさし表現である。

第四章　引用

引用の規定

首尾文における引用について、その全体を詳しく見てみる。引用の問題を取り上げるのは、冒頭文・末尾文それぞれの性格・役割を考えるうえで重要とみなされるからである。

物語の文章の基本は地の文にあるが、「源氏物語」にも、会話や和歌などの引用文が少なからず見られる。それらには、独立して引用される場合も、地の文に挿入される形で引用される場合もある。しかし、各巻の首尾文が会話や和歌のみで示されることはなく、すべて地の文の中の引用として見られる。

対象とする引用は、会話、和歌、書簡の三つに限定し、それらに含まれない引用や、いわゆる心話文は除外する。また、会話と書簡は、テキストにおいてカギカッコで括られた部分をそれと認定し、和歌は改行二字下げで示された部分をそれと認定する。

このような認定の結果、首尾文に引用が含まれる文の数は、それぞれ以下のようになる（カッコ内は一文の長さごとの内訳）。

〔冒頭文〕　七文（二行：一文、三行：一文、四行：一文、五行：二文、七行：一文、八行：一文）
〔末尾文〕　一九文（二行：三文、三行：五文、四行：六文、六行：一文、七行：二文、一一行：一文、一二行：一文）

冒頭文では七文、末尾文では一九文あり、計二六文は巻全体の首尾文合計の四分の一弱を占める。一文一行の場合の引用はないものの、二行以上の文では全体の三分の一以上に引用が含まれていることになる。

冒頭文と末尾文を比べると、引用が末尾文のほうに三倍近く多く見られる。これは、当時の物語にあっては、冒頭を引用で始めることは通常ないのに対して、末尾はその前の場面からの連続・展開があるからであろう。

さらに、末尾のみに和歌が引用されるのは、歌物語的なしめくくりが意識されたのではないかと想定される。

引用含みの冒頭文

では、引用を含む冒頭文がどうなっているか、全七例を順に挙げる（引用文は太字で示す）。

寝られたまはぬまゝには、「**我はかく人ににくまれてもならはぬを、こよひなむはじめてうしと世を思ひ知りぬれば、はづかしくてながらふまじうこそ思ひなりぬれ**」などのたまへば、涙をさへこぼして臥したり。（空蟬）

わらは病にわづらひ給て、よろづにまじなひ、加持などまいらせ給へど、しるしなくてあまたたびおこり給ければ、ある人、「**北山になむなにがし寺といふ所にかしこきをこなひ人侍る。こぞの夏も世におこりて、人くまじなひわづらひしを、やがてとゞむるたぐひあまた侍りき。ししこらかしつる時はうたて侍を、とくこそ心みさせたまはめ**」など聞こゆれば、召しに遣はしたるに、「**老いかゞまりて室の外にもまかでず**」と申たれば、「**いかゞはせむ。いと忍びてものせん**」との給て、御供にむつましき四五人ばかりして、まだあか月におはす。　（若紫）

冬になりゆくまゝに、川づらの住まゐいとゞ心ぼそさまさりて、うはの空なる心ちのみしつゝ明かし暮らすを、君も、「**猶かくてはえ過ぐさじ。かの近き所に思立ちね**」と勧め給へど、つらき所多く、心みはてむも残りなき心ちすべきを、いかに言ひてか、などいふやうに思ひ乱れたり。　（薄雲）

年かはりて、宮の御果ても過ぎぬれば、世中いろ改まりて、更衣のほどなどもいまめかしきを、まして祭のころは、大方の空のけしき心ちよげなるに、前斎院はつれ〴〵とながめ給を、前なる桂の下風なつかしきにつけても、若き人〳〵は思ひ出づることどもあるに、大殿より、「**御禊の日はいかにのどやかにおぼさるらむ**」と、とぶらひきこえさせ給へり。　（少女）

このごろ、世の人の言種に、内の大殿の今姫君と、ことに触れつゝ言ひ散らすを、源氏のおとゞ聞こしめして、「**ともあれかくもあれ、人見るまじくて籠りゐたらむ女子を、なをざりのかことにても、さばかりにものめかし出でて、かく人に見せ言ひ伝へらるゝこそ、心得ぬことなれ。いと際ぐしうものし給ふあまりに、深き心をも尋ねず持て出でて、心にもかなはねば、かくはしたなきなるべし。よろづの事、もてなしがらにこそなだらかなるものなめれ**」といとおしがり給ふ。（篝火）

「**内に聞こしめさむこともかしこし。しばし人にあまねく漏らさじ**」と諫めきこえ給へど、さしもえつゝみあへたまはず。（真木柱）

これは、源氏の御族にも離れ給へりし、後の大殿わたりにありける悪御達の、落ちとまり残れるが、問はず語りしをきたるは、紫のゆかりにも似ざめれど、かの女どもの言ひけるは、「**源氏の御末ぐに、ひが事どものまじりて聞こゆるは、我よりも年の数つもり、ほけたりける人のひがことにや**」などあやしがりける、いづれかはまことならむ。（竹河）

引用の内訳

これら全体で、まず指摘しておきたいのは、冒頭文には和歌の引用がまったく見られないということである。このことは、物語における和歌の位置付け方と関係がありそうである。ちなみに、歌物語の「伊勢物語」全一二五段（定家本を底本とする岩波古典文学大系本による）にも、一文から成る三〇段を除き、冒頭文に和歌が現われることはない。

巻別に特徴的な点を挙げると、まずは真木柱巻の冒頭文である。会話から始まっているのはこの巻だけで、他は何らかの状況説明があってからの引用である。しかも、真木柱巻の場合は、冒頭にもかかわらず、誰の誰に対する会話かも示されていないので、巻単独で見れば、かなり唐突な始まり方になっている。

じつは、光源氏が髭黒大将に対して、玉鬘との結婚について語っていると知れるのは、後の文脈から遡ることによってである。もしこの冒頭文だけでもそれが分かるとしたら、これに先立つ巻との関連性を知っていることが前提になっていなければならない。

二つめに注目したいのは、少女巻で、会話ではなく書簡の引用になっている点である。

この長めの冒頭文に続けて、「けふは、／かけきやは川瀬の波もたちかへり君がみそぎのふぢのやつれを／紫の紙、立文すくよかにて藤の花につけ給へり」（／は改行を示す）という、和歌と、書簡の体裁に関する表現があり、その後に、物語の本題に入ってゆく形になっている。

三つめは、若紫巻で、他巻が誰か一人だけの会話の引用であるのに対して、三人の会話が引用されている点である。

最初が光源氏近侍の「ある人」、次が老僧、そして最後が光源氏で、これらをとおして北山行きの経緯が示されている。この経緯は地の文による説明で済ませてもよかったように思われるが、あえてそうしなかったとすれば、二つの理由が考えられる。

第一に、北山行きの決断を、光源氏が自ら行ったことを示すためであり、第二に、あくまでも治療目的であることを印象付けることによって、普通ならそこにいそうもない女の子（若紫）との出会いをより劇的なものにするためである。

四つめを挙げるとすれば、竹河巻で、他巻の会話あるいは書簡がすべて光源氏に関わっているのに対して、ここでは「かの女ども」の会話が引用されている点である。

竹河巻は「源氏物語」の第三部に位置する、つまり光源氏亡き後のことなので、光源氏が登場しないのは当然であるが、それだけではなく、この冒頭の一文がこれまでの巻とは異なる視点からの物語であると断っているという点で、きわめて異色である。

つまり、「これは、源氏の御族にも離れ給へりし、後の大殿わたりにありける悪御達の、落ちとまり残れるが、問はず語りしをきたる」の冒頭にある「これ」（＝竹河巻）は光源氏一族側ではなく、「後の大殿」（＝髭黒）の一族側の女房たちから聞いた話であることを示しているということである。このような断わりは他の巻には見られない。

引用含みの末尾文

今度は、末尾文のほうを見てみる。

引用を含む末尾文は一九文あった。そのうち、会話を含むのが一〇文、和歌を含むのが七文、そして会話と和歌、書簡と和歌の両方を含むのが各一文ある。

会話と和歌の両方を含むのは、次の宿木巻の末尾文である。

「ゐ中びたる人どもに、忍びやつれたるありきも見えじとて、口がためつれど、いかゞあらむ、下種どもは隠れあらじかし。さていかゞすべき。一人ものすらんこそなかく心やすかなれ。かく契深くてなんまいり来あひたる、と伝へ給へかし」との給へば、「うちつけに、いつの程なる御契りにかは」とうち笑ひて、「さらば、しか伝へ侍らん」とて入る

に、

かほ鳥の声も聞しにかよふやとしげみを分けてけふぞ尋ぬる

たゞ口ずさみのやうにの給ふを、入りて語りけり。（宿木）

ほとんどが引用から成っている長い一文で、冒頭の会話が薫君によるもの、次がそれを受けた弁の尼君の会話で、二つに分けて示され、続く和歌は薫君が口ずさんだものである。末尾文最後の「入りて語りけり」は、弁の尼君が奥に入って、そこにいる浮舟に、薫の言葉を語り伝えたということであり、おそらくは薫の歌も伝えたのであろう。

書簡と和歌の両方を含むのは、次の若菜上巻の末尾文である。

一日は、つれなし顔をなむ。めざましうとゆるしきこえざりしを、見ずもあらぬやいかに。あなかけくし。

と、はやりかに走り書きて、

いまさらに色にな出でそ山桜をよばぬ枝に心かけきとかひなきことを。

とあり。　　　　　　　　　　　　　　　　　　　　　　　　　　（若菜上）

これは、柏木から女三宮あての書簡に対する、女三宮に代っての小侍従の返書であるが、前文のような書簡文と和歌を、一続きにではなく、「と、はやりかに走り書きて」という表現をはさんで、別々に示すという、珍しい形をとっている。

なお、書簡中で、和歌の後に、コメントのような短い表現が添えられるケース、この若菜上巻の「かひなきことを」の他には、「ことはりなりや」（玉鬘）、「あるかなきかの」（蜻蛉）がある。

会　話

会話のみを含む一〇文のうち、末尾文が会話で始まるのは、次の二文である。なお、末尾文が会話引用で終わるケースは、一文も見られない。

「宮の中の君もおなじほどにおはすれば、うたてひゐな遊びの心ちすべきを、おとなしき御後見はいとうれしかべいこと」とおぼしの給て、さる御けしき聞こえ給つゝ、おとゞのよろづにおぼしいたらぬことなく、公方の御後見はさらにも言はず、明け暮につけて、こまかなる御心ばへのいとあはれに見え給ふを、頼もしきものに思ひきこえ給て、いとあづしくのみおはしませば、まいりなどし給ても、心やすくさぶらひたまふこともかたきを、すこしおとなびて添ひさぶらはむ御後見は、かならずあるべきことなりけり。（澪標）

「**女の御心ばへは、この君をなんもとにすべき**」と、おとゞたち定めきこえ給けりとや。（藤袴）

どちらも、会話が一つだけ引用されている末尾文で、一〇例のうちの四例がそれに該当し、残りの六例は会話が二つ含まれている。そのうちの五例は、

宮、「**いで、あやし。むすめといふ名はして、さがなかるやうやある**」とのたまへば、「**それなん見ぐるしきことになむはべる。いかで御覧ぜさせむ**」と聞こえ給とや。（野分）

かたち、やうゐも常よりまさりて、乱れぬさまにおさめたるを見て、「**右の中将も声加へ**

給へや。いたう客人だたしや」とのたまへば、にくからぬ程に、「神のます」など。

（匂宮）

のように、野分巻では、内大臣の母・大宮と内大臣との、匂宮巻では、夕霧と薫君との、ともに、その場での一対一の会話のやりとりになっている。

それに対して、

殿も、「ものむつかしきおりは、近江の君見るこそ、よろづ紛るれ」とて、たゞ笑ひぐさにつくり給へど、世人は、「はぢがてら、はしたなめたまふ」など、さまぐ言ひけり。

（行幸）

だけは、光源氏の会話と、それを伝え聞いた「世人」の噂話の一つが示されたものであって、その場での応答ではない。

末尾文末の和歌

和歌のみを含む末尾文は七例あるが、指摘できる特徴は、次の四点である。

一つめは、和歌が末尾文の最後に来るのは、次の空蟬巻のみという点である。


つれなき人もさこそ静むれ、いとあさはかにもあらぬ御けしきを、ありしながらのわが身ならばと、取り返すものならねど、忍びがたければ、この御畳紙の片つ方に、

空蟬の羽にをく露の木がくれて忍びく〳〵に濡るゝ袖かな　（空蟬）

「この御畳紙」というのは、光源氏が空蟬に贈った和歌を書き付けた紙であり、その「片つ方」つまり端っこに空蟬が書いた和歌であるから、光源氏に見せるつもりのなかった返歌であろう。

テキストには、「歌をもって終りとする奇抜な巻末になっている」という注があり、たしかに「源氏物語」の中では唯一である。

しかし、「伊勢物語」では、全一二五段のうち、和歌を含む末尾文は九〇段（約七割）あり、

そのうち和歌で終わるのが六六段、全段の半分強を占めていている。それをふまえれば、「源氏物語」のこの例も、けっして「奇抜」とは言えない。

贈答歌

二つめは、歌二首の贈答がともに末尾文に引用されるのは、次の二例しかないという点である。贈答歌の二首が同じ一文内に引用されるのは、それが即時的なやりとりとして一続きのものであることを際立たせるために他ならない。

たとえば、

人〻いと苦し、と思に、声いとさはやかにて、

「興津ふねよるべなみ路にたゞよはばさほさしよらむとまり教へよ

たなゝし小舟こぎかへりおなじ人をや。あなはるや」と言ふを、いとあやしう、この御方には、かうようゐなきこと聞こえぬものを、と思まはすに、この聞く人なりけり、とおかしうて、

よるべなみ風のさはがす舟人も思はぬかたに磯づたひせず

とて、はしたなかめりとや。　（真木柱）

という末尾文においては、近江君が夕霧に対して詠んだ和歌が「声いとさはやかにて」とあるように、口頭で伝えられたのに対して、即座に夕霧もつれない歌を口頭で返したのであろう。ただし、「とや」という伝聞形式の文末になっているので、近江君に届いたかどうかはぼかされている。

やどり木は色かはりぬる秋なれどむかしおぼえてすめる月かな

と古めかしく書きたるを、はづかしくもあはれにもおぼされて、

里の名もむかしながらに見し人のおもがはりせるねやの月影

わざと返りこととはなくてのたまふ、侍従なむ伝へけるとぞ。　（東屋）

も同様であり、果物に添えられた書簡に記された弁の尼君の和歌を読んで、「はづかしくもあはれにもおぼ」すままに返した薫君の和歌は「わざと返りこととはなくてのたまふ、侍従なむ伝へけるとぞ」とあるように、書き記したのではなく、侍従を介して口頭で伝えられたことに

なっている。

返歌と独詠歌

三つめは、残りの末尾文四例に引用された和歌のうち、返歌が二首、独詠歌が二首と分かれる点である。

返歌を含む末尾文の場合、返歌であるから、当然ながら、末尾文よりも前に、贈歌が示されていることになる。ただし、該当文を含む梅枝巻と玉鬘巻のうち、梅枝巻では、雲居雁の返歌の直前の文に夕霧の贈歌が示されているのに対して、玉鬘巻では、

　返さむといふにつけても片敷の夜の衣を思ひこそやれ

　ことはりなりや。

とぞあめる。（玉鬘）

とあるが、この光源氏の和歌は、末摘花からの贈歌に対して、通常どおりすぐに詠み返されたものではない。その末摘花の和歌に関する、紫上との長い会話のやりとりが示された後に、紫

上に勧められて仕方なく詠んだものになっている。

いっぽう、独詠歌を含む二文のうち、

おなじ蓮にとこそは、

なき人をしたふ心にまかせてもかげ見ぬ三の瀬にやまどはむ

とおぼすぞうかりけるとや。（朝顔）

では、藤壺に対する光源氏の思いが和歌として示され、

あやしうつらかりける契りどもを、つくぐと思つゞけながめ給夕暮れ、かげろふのものはかなげに飛びちがふを、

「ありと見て手にはとられず見れば又ゆくゑもしらず消えしかげろふ

あるかなきかの」と、例の、ひとりごち給とかや。（蜻蛉）

では、八宮の姫君たちに対する薫君の思いが口に出た和歌として示されている。これらは、そ

れぞれの巻の展開上のしめくくりとして、いかにもふさわしいと言えよう。

巻名との関係

引用の問題として最後に取り上げておきたいのは、和歌と巻名との関係である。

各巻にはそれぞれ巻名が付けられているが、五四巻のうち四〇巻の巻名はその巻の中で詠まれた和歌に用いられている言葉に由来する。

注目されるのは、それに該当する和歌が末尾文に引用されている巻が二つある点である。すでに紹介した空蟬巻と蜻蛉巻の和歌であり、巻名となる「うつせみ」と「かげろふ」という語が詠み込まれている。

巻名と巻の内容とがどのような関係にあるかについては、一概には言えない。これは一般化すれば、タイトルと作品の関係であり、実際にさまざまなパターンが見られる（はんざわかんいち『題名の喩楽』明治書院、参照）。そのうえ、古典の場合は、そのタイトルを誰が付けたのかという問題もある。

とはいえ、「源氏物語」の巻名において、その語のほぼ四分の三が和歌から採られていることは、偶然の結果とは考えがたい。しかも、各巻には場面ごとに複数の和歌があるので、その中から巻名となる語を含む特定の和歌が選ばれるとなれば、その和歌に詠まれた内容がその巻の焦点になっている可能性は小さくあるまい。まして、その和歌が他ならぬ、巻の末尾に見られるというのは、他の部分に出て来る場合に比べ、重要度はおのずと高い。

問題は、なぜそれが空蟬と蜻蛉の二巻なのかという点である。

「うつせみ」と「かげろふ」の二語に共通するのは、その存在感の稀薄さであり、それらに擬せられる女性存在のはかなさである。それが「源氏物語」の巻の二番めと最後から三番めという、物語全体の冒頭と末尾の近くに、対応するように位置付けられていることに、象徴的な意義を認めることもできそうである。

一文構成と引用

冒頭文あるいは末尾文の一文構成のありようとして、同じ地の文であれ、引用を含むか否かは見逃せない違いである。実際、一行一文の場合を除けば、引用を含む文が首尾文全体の三分の一以上に及んでいるのである。

引用に関して、冒頭文と末尾文ではっきりとした偏りが認められたことは、二点ある。

一つは、末尾文のほうが冒頭文の三倍近くも引用があるという点、もう一つは、和歌の引用は末尾文に限られるという点である。この二点は、末尾文と冒頭文では巻の文章における位置付け方の違いを反映した結果と考えられる。

一般に、文章における引用には、引用される文の内容に応じて、大きく分けて二種類の性格がある。一つは、実用的な文章における説明の傍証性あるいは要約性、もう一つは、非実用的な文章における描写の具体性あるいは鮮明性である。

「源氏物語」はもちろん、非実用的な文章であるから、会話や和歌の引用は、場面や対象をより具体的に、あるいはより鮮明に描くために用いられると見られる。

その引用が冒頭文に少ないのは、いきなり描写からは入らないように設定されている、つまり前書き的な役割を担っていることによると想定される。それに対して、末尾文のほうは、それ以前からの場面展開の記述を続ける形で巻を終らせるようになっている、言い換えれば、わざわざ末尾らしい書き方をあえてしていないということである。

しかし、その中にあって、末尾文に和歌の引用が目立つのは、歌物語的な終わり方をふまえ、和歌における心情表明を巻のしめくくりにふさわしいと捉えていたからではないだろうか。

第五章　冒頭語

品詞別

今度は視点を変えて、冒頭文および末尾文の冒頭がそれぞれどういう言葉で始まっているか、それを「冒頭語」と称して見てみよう。

ただし、引用で始まる一文は地の文とは性質が異なるので、除外する。冒頭文では一例、末尾文では五例がそれに相当するので、対象となるのは、冒頭文は五三文、末尾文は四九文、計一〇二文における冒頭語となる。

まずは品詞別に示すと、次のとおり（品詞認定は『岩波古語辞典』による）。

	〔冒頭文〕	〔末尾文〕	〔合計〕
名　詞‥	四〇	二八	六八
動　詞‥	二	五	七
副　詞‥	四	八	一二
形容詞‥	〇	四	四
形容動詞‥	一	〇	一
連体詞‥	五	四	九
連　語‥	一	〇	一（「人知れぬ」）

この結果から、次の三点が指摘できる。

第一に、冒頭文・末尾文とも、名詞が中心であるのは同じという点である。ただし、冒頭文のほうが名詞に集中している（七七・五％）のに比べれば、末尾文のほうは六割弱で、全体に分散していると言える。

ちなみに、「枕草子」では全章段のうち、冒頭文の最初に位置する名詞は約七割であり、「源氏物語」の冒頭文のほうが名詞への集中度がより高い。

第二に、合計で、名詞に次いで多いのが副詞という点である。そのうち、冒頭文の四語中の三語（あまた・いと・なを）は末尾文にも出現して、冒頭・末尾に関係なく用いられている。

第三に、名詞以外で、冒頭文と末尾文の双方にあって、冒頭文のほうが上回っているのが連体詞であるという点である。しかも、そのすべてが指示語である。

末尾文のほうは前文脈があるので、指示語が用いられても不自然ではないが、前文脈のない巻冒頭に指示語が出てくるのは、明らかに異様である。それらはすべて「ころ（頃）」という語を修飾しているのであるが、「そのころ」であれ「このころ」であれ、それがいつ頃なのかは、後方指示とはみなされないので、先立つ巻の文脈を想定しない限りは、特定できない。

語　別

冒頭に位置する単語ごとの頻度を見ると、複数回出現する語は、冒頭文では五語、末尾文では三語ある。

冒頭文のほうの該当語は、「その」（四回：紅梅・橋姫・宿木・手習）、「朱雀院」（二回：紅葉賀・若菜上）、「きさらぎ」（二回：花宴・椎本）、「年」（二回：少女・初音）、「世の中」（二回：葵・須磨）

である。この中でとくに目を引くのは、先にも触れたとおり、「その」という指示連体詞である。しかも、これらはすべて「ころ（頃）」を修飾し、四回のうち三回は第三部の宇治十帖に見られる。

この点について、テキストの紅梅巻には、「「その比」で始まる巻として、他に橋姫・宿木・手習巻があり、続篇物語の際立った特徴。前帖に対して全く新しい人間関係の提示の常套句」、「漠然とした過去の設定で、新たな物語を開始させる」という注が加えられている。

末尾文のほうには、「この」（二回：胡蝶・夕霧）と「宮」（二回：野分・総角）、「何（かは）」（二回：紅梅・橋姫）がある。なお、「この」が修飾する語はそれぞれ異なっている。

残りの冒頭文の四二語、末尾文の四八語は、一回ずつの出現であるから、全体的には多様な一文の始まり方になっている。

分野別

冒頭語の大勢を占める名詞に関して、その意味分野として、「人・時・所・その他」の四つに分け、それぞれを表わす語がどのくらいあるかを整理すると、次のようになる（延べ数）。

	〔冒頭文〕	〔末尾文〕	〔合計〕
人	一四	一五	二九
時	一〇	三	一三
所	四	〇	四
他	一二	一〇	二二

右の結果からは、次の二点が確認できる。

一つめは、冒頭文でも末尾文でも、その冒頭に人を表わす語を持って来ることがもっとも多く、全体で四割以上に及ぶという点である。

二つめは、時と所を比べると、全体では、時を表わす語のほうが多いという点である。しかも、所を表わす語は末尾文には見られない。

人の分野語

各分野の冒頭語として、どんな語が見られるかを、まずは人の分野から示してみる。

〔冒頭文〕
伊予介・故権大納言・斎院・斎宮・前斎宮・朱雀院（二）・中宮・内侍督・光源氏・まめ人・宮・紫上・衛門督
〔末尾文〕
御方・守・君・宰相・中宮・中納言・殿・花散里・光君・人々・姫君・親王たち・宮（二）・娘

冒頭文でも末尾文でも、人を表わす語としては、官職・身分名がほとんどであり、各巻の文脈において、それらは具体的に誰を示すかがほぼ特定される。単独で一般的に人を表わすのは、冒頭文の「まめ人」（夕霧）、末尾文の「御方」（初音）、「人々」（真木柱）、「娘」（若紫）くらいである。

もう一つ指摘しておきたいのは、「源氏物語」の主人公名自体が出て来るのは、物語最初の一、二巻だけであるという点である。しかも、冒頭の桐壺巻の末尾文に「光君と言名は高麗人のめできこえてつけたてまつりける、とぞ言ひ伝へたるとなむ」とあり、続く帚木巻の冒頭文に「光源氏名のみこと〲しう、言ひ消たれたまふ咎多かなるに、いとゞ、かゝるすきごとどもを末の世にも聞き伝へて、かろびたる名をや流さむと忍び給ける隠ろへごとをさへ語り伝へけむ、人のもの言ひさがなさよ」とあって、その人についてではなく、その名前について、巻を越えて連続して取り上げられている。

時・所の分野語

時を表わす語には、次のようなものがある。

〔冒頭文〕

年（二）・年月・きさらぎ（二）・やよひ・春・夏ごろ・冬・今

〔末尾文〕

年・秋つ方・今

冒頭文のほうには、先に触れた、一語に準じる「このころ」（一例）と「そのころ」（四例）を加えれば、人の分野語の語数を上回る。さらに、冒頭の句の単位にまで広げると、「いと暑き日」（常夏）、「いづれの御時にか」（桐壺）、「御いそぎのほどにも」（藤裏葉）、「世の中かはりて後」（葵）、「光隠れ給にし後」（匂宮）、「藻塩たれつゝわび給ひしころをひ」（蓬生）などもある。これらも入れると、時を表わす表現で始まる冒頭文がもっとも多く、末尾文とは大きな差がある。

他にも、冒頭文で時を表わす表現には、「年月隔たりぬれど」（玉鬘）、「年かはりて」（少女）、「年たちかへる朝」（初音）のように、幅はあるものの、物語時間が設定されている。それに対して、末尾文のほうは、「秋つ方」（柏木）以外は、時間設定に直接は関わっていない。

このようなことから、巻冒頭においては、物語がいつ展開するかが重視されていたことがうかがえる。それは、「今は昔」を代表とする、物語の定型的な始まり方とも対応しよう。

所を表わすほうの語は、冒頭文には次の、わずか四語しか見られない。

かしこ・筑波山・山・六条わたり

このうち、「かしこ」という遠方を指示する語が蜻蛉巻の冒頭に出て来るのは、前文脈を想定しての用法であり、それは物語の舞台である宇治の地のことを指している。「六条わたり」も、「六条わたりの御忍びありきのころ」（夕顔）のように、時間とともに、物語の展開に関係する実際の場を示している。

これらに対し、「筑波山」（東屋）と「山」（夢浮橋）は、物語の展開する場としてではなく、どちらも心情や行為の形容として用いられている。

他の分野語

その他の分野について、特記できそうなことのみ、三点挙げておく。

一つめに、冒頭文の一二語と末尾文の一〇語とは、各巻における語としての照応は見られず、互いにまったく重なっていないという点である。

二つめに、グループ化できる語としては、冒頭文に「いづれ」（桐壺）、末尾文に「何（かは）」（紅梅・橋姫）、「何ごと」（鈴虫）という不定詞が見られるという点である。

三つめに、冒頭文に「これ」（竹河）という指示語が一例、用いられているという点である。すでに説明したように、冒頭の指示語の使用は特殊なのであるが、この語に関しては、また別の事情があった。

「これは」に始まり、「源氏の御族にも離れ給へりし、後の大殿わたりにありける悪御達の、落ちとまり残れるが、問はず語りしをきたるは」と続く表現があり、当該の「これ」は一般的な前方指示の文脈指示ではなく、当該巻全体を指し示す、現場指示に近い用法になっている。言い換えれば、この冒頭文は、巻そのものの由来を示す、本筋とは次元の異なる前書きの文ということである。

冒頭語の対応関係

最後に、各巻の冒頭文と末尾文の冒頭語の対応関係を、品詞と意味分野から見ておく。

まず品詞が同一なのは、名詞のみで二四巻に認められる。そのうち、意味分野も同一なのは七巻で、人の分野が三巻、その他の分野が四巻になっている。

この結果からは、冒頭語としての対応関係は認めがたく、むしろ、これまで確認してきたように、冒頭文・末尾文それぞれの位置付けに応じた語が冒頭に用いられていると言える。

参考までに、人分野の名詞という点で対応する三例を、以下に挙げておく（該当語に傍線を付す）。

〔冒〕　伊予の介といひしは、故院かくれさせ給て又の年、常陸になりて下りしかば、かの帚木もいざなはれにけり。

〔末〕守もいとつらう、「をのれをいとひ給ふほどに、残りの御齢は多くものし給らむ、いかでか過ぐし給ふべき」などぞ、あいなのさかしらや、などぞはべるめる。（関屋）

〔冒〕中宮の御前に、秋の花を植へさせ給へること、常の年よりも見どころ多く、いろくさを尽くして、よしある黒木、赤木の籬お結ひまぜつゝ、おなじき花の枝さし、姿、朝夕露の光も世の常ならず玉かとかゝやきて、造りわたせる野辺の色を見るに、はた春の山も忘られて、涼しうおもしろく、心もあくがるゝやうなり。

〔末〕宮、「いで、あやし。むすめといふ名はして、さがなかるやうやある」とのたまへば、「それなん見ぐるしきことになむはべる。いかで御覧ぜさせむ」と聞こえ給とや。（野分）

〔冒〕紫の上、いたうわづらひ給し御心ちの後、いとあづしくなり給て、そこはかとなくなやみわたり給こと久しくなりぬ。

〔末〕中宮などもおぼし忘るゝ時の間なく恋ひきこえたまふ。（御法）

関屋巻の「伊予の介」と「守」、野分巻の「中宮」と「宮」、そして御法巻の「紫の上」と「中宮」という、人を表わす名詞が、冒頭文と末尾文の冒頭に置かれているが、それぞれの示す人物はどれも異なっていて、その点での照応関係はない。

第六章　末尾語

品詞別

冒頭語に対して、冒頭文および末尾文の末尾がそれぞれどういう語で表現されているか、「末尾語」として見てみよう。対象となるのは、和歌引用で終わる末尾文一例を除く、一〇七文の末尾語である。

ただし、末尾語の場合は付属語で終わることもあるので、冒頭語と比較するために、文字どおり最後の語ではなく、最後の文節を構成する自立語を、品詞別に整理した結果を示す（補助動詞は含めない）。

	〔冒頭文〕	〔末尾文〕	〔合計〕
名　詞‥	五	六	一一
動　詞‥	四一	三八	七九
形容詞‥	八	七	一五
形容動詞‥	〇	二	二

冒頭語の場合とはかなり様相が異なり、動詞が全体の四分の三近くを占めていて、冒頭語の名詞の割合にほぼ匹敵する。一文の語順として考えれば、名詞で始まり動詞で終わるというのは順当なところであり、最後の文節に名詞が来る、いわゆる名詞文は一一例しかない。

この結果だけを見ると、冒頭文であれ末尾文であれ、大勢としては、文型の基本である、用言による述語文になっているということである。

語　別

頻度の高い順に語を並べると、二回以上の語は次の一二語になる（終止形で示す。複合語も含む。カッコ内は冒頭文／末尾文の用例数）。

おぼす：一二例（三／九）、おはす：五例（五／〇）、あり：五例（一／四）、おもふ：四例（三／一）、おほし：三例（〇／三）、なし〔無〕：三例（一／二）、くよう〔供養〕ず・とぶらふ：各二例（各二／〇）、おもほゆ・ふす〔伏〕：各二例（各一／一）、きこゆ・はべり：各二例（各〇／二）

この一覧から、次の三点の特徴が挙げられる。

第一に、複数回使用はほとんどが動詞であり、他は形容詞の「おほし」と「なし」の二語しかないという点である。なお、「おほし」三例はすべて終止形で「おほかり」という補助活用形で見られる。

第二に、一位・二位を占めるのがともに「おぼす」と「おはす」という尊敬動詞という点である。他に待遇に関わるのは「きこゆ」と「はべり」の二語があるだけである。

第三に、出現が冒頭文か末尾文のどちらかに偏る語がほとんどであるという点である。中でも、冒頭文のみに偏るのが「おはす・くよう〔供養〕ず・とぶらふ」の三語、末尾文のみに偏るのが「おほし・きこゆ・はべり」の三語である。

このような偏り具合から、冒頭文と末尾文それぞれの語全体で共通する点は見出しがたいものの、注目しておきたいのが「おぼす」である。

「おぼす」が冒頭文に現われる三例のうち、須磨巻のみであるが、末尾文の末尾にも、次のように、ともに「おぼしなる」という複合語の形で用いられている。

〔冒〕　世中いとわづらはしくはしたなきことのみまされば、せめて知らず顔にあり経ても、これよりまさることもやとおぼしなりぬ。

〔末〕　君もいさゝか寝入り給へれば、そのさまとも見えぬ人来て、「など、宮より召しあるにはまいり給はぬ」とて、たどりありくと見るに、おどろきて、さは海の中の竜王の、いといたうものめでするものにて、見入れたるなりけり、とおぼすに、いとものむつかしう、この住まゐ耐へがたくおぼしなりぬ。（須磨）

しかも、当該文節も「おぼしなりぬ」のように、まったく同じであり、どちらもその主体は光源氏であり、「おぼす」内容も同じく悲観的なものであるから、否応なく、この巻の首尾の照応関係を認めることができる。

分野別

末尾語の意味分野全体として顕著なのは、そのすべてが人の動作・状態に関わることである。中でも外面的よりも内面的な動作・状態を表わす語が多い。

右に挙げた「おぼす」がその代表であるが、単独形だけでなく、「おぼしいづ・おぼしなげく・おぼしなる・おぼしのたまふ・おぼしまうく・おぼしみだる・おぼしめぐらす」という複合語もあり、さらに敬語形ではない「おぼゆ」、「おもふ」、「おもひまぎる・おもひみだる・おもひゐる」、「おもほゆ」を加えると、二二例にも及ぶ。

これらのうち、九例が冒頭文、一三例が末尾文に見られるが、双方に出現するのは、須磨巻以外では、賢木、薄雲、早蕨の三巻である。興味深いのは、薄雲と早蕨の二巻は、須磨巻同様、その主体が一致しているという点であり、照応性を強く意識させる。

まず、薄雲巻であるが、

〔冒〕　冬になりゆくまゝに、川づらの住まゐいとゞ心ぼそさまさりて、うはの空なる心ちのみしつゝ明かし暮らすを、君も、「猶かくてはえ過ぐさじ。かの近き所に思立ちね」と勧め給へど、つらき所多く、心みはてむも残りなき心ちすべきを、いかに言ひてか、などいふやうに思ひ乱れたり。

〔末〕大方もの静かにおぼさるるころなれば、たうとき事どもに御心とまりて、例よりは日ごろ経たまふにや、すこし思ひ紛れけむとぞ。（薄雲）

において、冒頭文の「思ひ乱る」主体も、末尾文の「思ひ紛る」主体も、同じ明石君である。同様に、早蕨巻でも、冒頭文の「おぼゆ」も、末尾文は長文であるが、最後の「おぼす」も、ともに中君で、主体が一致している。

〔冒〕藪しわかねば、春の光を見給につけても、いかでかくながらへにける月日ならむと、夢のやうにのみおぼえ給。

〔末〕中納言はこなたになりけりと見給て、「などかむげにさし放ちては出だし据ゑ給へる。御あたりには、あまりあやしと思ふまでうしろやすかりし心寄せを、我ためはおこがましきこともやとおぼゆれど、さすがにむげに隔て多からむは、罪もこそ得れ。近やかにて、むかし物語りもうち語らひ給へかし」など聞こえ給ものから、「さはありとも、あまり心ゆるひせんも、またいかにぞや。疑はしき下の心にぞあるや」とうち返しの給へば、一方ならずわづらはしけれど、我御心にもあはれ深く思ひ知られにし人の御心を、今しもをろかなるべきならねば、かの人も思ひの給ふめるやうに、いにしへの御代はりとなずらへきこえて、かう思ひ知りけりと、見えたてまつるふしもあらばやとはおぼせど、さすがに、とかくやと、方〴〵にやすからず聞こえなし給へば、苦しうおぼされけり。（早蕨）

ただし、賢木巻のみは、

〔冒〕　斎宮の御下り近う成ゆくまゝに、御息所、もの心ぼそく思ほす。

〔末〕かく一所におはして隙もなきに、つゝむところなく、さて入りものせらるらむは、ことさらに軽め弄ぜらるゝにこそは、とおぼしなすに、いとゞいみじうめざましく、このついでに、さるべき事どもかまへ出でむによきたよりなり、とおぼしめぐらすべし。（賢木）

のように、冒頭文の「思ほす」主体は六条御息所、末尾文の「おぼしめぐらす」主体は弘徽殿の大后であり、異なっている。

文末形式

首尾文の文末形式として、それで一文が完結している場合と完結していない場合とに分けると、冒頭文はすべてが完結した終止形式になっているのに対して、末尾文はその全体の、じつに四割もの二二文が完結した形式になっていない。これは冒頭文と末尾文との大きな違いである。

末尾文において完結していない文末形式としてもっとも多いのが、引用の格助詞「と」に係助詞が下接する形式で、一五例もある。

「とぞ」が七例、「とや」が五例、「となむ」が二例、「とかや」が一例あり、これらに準じる「にや」(「とや」とするテキストもあり)も一例見られる。これらは、いずれも言いさしによる引用形式の表現であり、巻をしめくくる、一つの常套句とみなされる。このうち、「ぞ」や「なむ」が下接する場合に比べ、「や」や「かや」が下接する場合は、伝聞の婉曲性がより強くなる。

これらの出現を、巻配列順に見ると、次のとおりである。

(1)桐壺「となむ」、(2)帚木「とぞ」、(15)蓬生「とぞ」、(19)薄雲「とぞ」、
(20)朝顔「とや」、(28)野分「とや」、(30)藤袴「とや」、(31)真木柱「とや」／
(37)横笛「とぞ」、(39)夕霧「とぞ」、(41)幻「とぞ」／(47)総角「とや」、
(50)東屋「とぞ」、(51)浮舟「となむ」、(52)蜻蛉「とかや」、(53)手習「にや」

右を見ると、「源氏物語」のほぼ全体に及んでいるが、二つの傾向が読み取れる。一つは、巻が飛び飛びであるが、「とぞ」(帚木・蓬生・薄雲、横笛・夕霧・幻)、「とや」(朝顔・野分・藤袴・真木柱)のように、同じ形式が連続するという点、もう一つは、第三部の東屋から手習までの四巻に形式は変化しつつも、連続して見られる点である。

末尾文の、その他の非完結の形式としては、次に示すように、副助詞の「など」が二例、接続助詞「から」が一例、格助詞「の」が一例、形容詞連用形が二例ある。

秋つ方になれば、この君はひゐざりなど。（柏木）

かたち、ようゐも常よりまさりて、乱れぬさまにおさめたるを見て、「右の中将も声加へ給へや。いたう客人だたしや」とのたまへば、にくからぬ程に、「神のます」など。（匂宮）

いとうれしきものから。（花宴）

例の五十寺の御誦経、又かのおはします御寺にも、魔訶毘盧遮那の。（若菜下）

あまりもの言ひさがなき罪、さりどころなく。（夕顔）

宰相は、とかくつきづきしく。（竹河）

これらは、本文異同の問題もあるが、定型的な、言いさしの引用形式とは異なり、助詞の場合はその後に続く表現が想定されるのに対して、形容詞の場合は終止形であってもよさそうである。一文が長いゆえに省略したとも考えがたい。あえて言いさしにして婉曲化したとすれば、それぞれに単純には言い切れない含みを持たせようという意図があったと考えられる。

完結した文末形式

文末が完結した形式である冒頭文の末尾語の内訳は、次のようになる。

用言終止　：二九（「たまふ」などの補助動詞を含む）
助動詞終止：二二
終助詞　　：　三

いっぽう、末尾文で完結した文末形式は三一例あり、その内訳は次のとおり。

用言終止　：　六（「たまふ」などの補助動詞を含む）
助動詞終止：二二

終助詞　‥　三

比べると、用言終止の文末形式の数に大きな隔たりがあることが分かる。これは末尾文のほうで用言終止を「と」が受ける表現が多いせいのようにも思われるが、用言終止が上接するのは一五例のうち三例しかないので、それが理由ではない。

冒頭文の過半の文末が用言終止になっているのは、末尾文に比べて、助動詞や助詞によって示される語り手の意図を加えることなく、出来事そのものを表現しようとする姿勢が強いことを示している。

冒頭文と末尾文それぞれの文末助動詞は、以下のとおりである。

〔冒〕　けり（八）、たり・ぬ（各三）、ず・なり・む（各二）、やうなり・り（各一）

〔末〕　めり（七）、けり（五）、り（四）、ず（二）、たり・けむ・ぬ・べし（各一）

両文に共通するのは「けり・たり・ぬ・ず・り」の五語、冒頭文のみが「なり・む・やうなり」の三語、末尾文のみが「めり・けむ・べし」の三語となる。この中で、合計で最多の「けり」と、末尾文のみで最多の「めり」の二語について、詳しく見てみる。

文末の「けり」

物語の文体を形成するうえで「けり」という助動詞が大きな役割を果たすことはこれまで多く指摘されてきたところである。とりわけ、その冒頭文の文末が「けり」で終わるのは、「伊勢物語」の「昔、男ありけり」を持ち出すまでもなく、古典物語の一つの定型になっていたと言える。

しかし、「源氏物語」各巻の冒頭文と末尾文の文末に関しては、助動詞の中で最多とはいえ、計一三例、全体の一割程度しかなく、しかも冒頭と末尾の両文の文末に使われているのは、次の宿木巻のみであり、冒頭文はともかく、末尾文は定型的な結びとは言いがたい。

〔冒〕　その比、藤壺と聞こゆるは、故左大臣殿の女御になむおはしける。

〔末〕「ゐ中びたる人どもに、忍びやつれたるありきも見えじとて、口がためつれど、いかゞあらむ、下種どもは隠れあらじかし。さていかゞすべき。一人ものすらんこそなかく心やすかなれ。かく契深くてなんまいり来あひたる、と伝へ給へかし」との給へ

ば、「うちつけに、いつの程なる御契りにかは」とうち笑ひて、「さらば、しか伝へ侍らん」とて入るに、

かほ鳥の声も聞しにかよふやとしげみを分けてけふぞ尋ぬる

たゞ口ずさみのやうにの給ふを、入りて語りけり。（宿木）

この宿木巻と同様に、「その比」で始まり、「けり」で結んで、新たな人物紹介をする冒頭文は、紅梅、橋姫、手習の三巻に見られ、「源氏物語」第三部になって初めて、しかも続けて見られるパターンである。

これら以外で、文末に「けり」が来る冒頭文としては、桐壺巻の「すぐれてときめき給ふ有けり」、関屋巻の「かの帚木もいざなはれにけり」があり、ともに冒頭文らしく、人物紹介的な内容になっている。

他に、匂宮巻の冒頭文も「光隠れ給にし後、かの御影にたちつぎ給べき人、そこらの御末ぐ〳〵にありがたかりけり」のように、「けり」文末であるが、これは人物紹介ではなく、語り手の感慨を示す点で前書き的である。

ただし、東屋巻の冒頭の長い一文の最後だけは「よろづに思ける」という、それ以前から続

いている薫君の煩悶するさまの、いきなりの描写になっている。

つまり、文末に「けり」が来る冒頭文に限っては、少ないながらも、おおよそは巻の始まりにふさわしい内容になっていると言える。

なお、「けり」の上接語を見ると、冒頭文では形容詞一例以外は、すべて動詞（一例、助動詞をはさむ）であるのに対して、末尾文では動詞三例の他に、次のような「名詞＋なり＋けり」が二例見られる。これらの「けり」は、和歌の場合同様、詠嘆性を帯びているととれる。

ありつる垣根も、さやうにてありさま変はりにたるあたりなりけり。（花散里）

「宮の中の君もおなじほどにおはすれば、うたてひゐな遊びの心ちすべきを、おとなしき御後見はいとうれしかべいこと」とおぼしの給て、さる御けしき聞こえ給つゝ、おとゞのよろづにおぼしいたらぬことなく、公方の御後見はさらにも言はず、明け暮につけて、こまかなる御心ばへのいとあはれに見え給ふを、頼もしきものに思ひきこえ給て、いとあづしくのみおはしませば、まいりなどし給ても、心やすくさぶらひたまふこともかたきを、すこしおとなびて添ひさぶらはむ御後見は、かならずあるべきことなりけり。（澪標）

文末の「めり」

「源氏物語」最終巻である夢浮橋巻の末尾文は、次のように、助動詞「めり」で終わっている。

いつしかと待ちおはするに、かくたど〱しくて帰り来たれば、すさまじく、中〱なりとおぼすことさま〲にて、人の隠し据へたるにやあらむと、わが御心の、思ひ寄らぬくまなく、落としをきたまへりしならひにとぞ、本にはべめる。（夢浮橋）

他巻にも見られたような「とぞ」で終わる一文としても成り立ったであろうが、さらに「本（もと）にはべ（り）」と続け、最後を「めり」で完結した形で終えるのは、この最終巻だけである。ということは、語られる内容がこの一文あるいはこの巻に限らず、「源氏物語」全体の終結であることも示しているとも考えられなくはない。

「とぞ」あるいは「など」により、引用（伝聞）を示して終わる末尾文とほぼ同様の例に、次のような「めり」がある。

「めり」に上接する「あり」や「はべり」には、動詞としての実質的な意味が稀薄であるから、「めり」は伝聞としての婉曲性に関与する働きをしていると言える。

返さむといふにつけても片敷の夜の衣を思ひこそやれ

ことはりなりや。

とぞあめる。（玉鬘）

守もいとつらう、「をのれをいとひ給ふほどに、残りの御齢は多くものし給らむ、いかでか過ぐし給ふべき」などぞ、あいなのさかしらや、などぞはべるめる。（関屋）

これらに対して、以下の例はすこし文脈が違っている。

夢見たまひて、いとよく合はする者召して合はせ給ひけるに、「もし年ごろ御心に知られ給はぬ御子を、人のものになして、聞こしめし出づることや」と聞こえたりければ、「女子の人の子になる事はおさおさなしかし。いかなる事にかあらむ」など、このごろぞ

おぼしのたまふべかめる。　（蛍）

むすめなどはた、かばかりになれば、心やすくうちふるまひ、隔てなきさまに臥し起きなどはえしもすまじきを、これはいとさま変はりたるかしづき種なり、と思ほいためり。　（若紫）

この岩漏る中将も、おとゞの御ゆるしを見てこそ、かたよりにほの聞きて、まことの筋をば知らず、たゞひとへにうれしくて、をり立ちうらみきこえまどひありくめり。（胡蝶）

なをさるべきにこそと見えたる御仲らひなめり。　（藤裏葉）

蛍巻の「おぼす」、若紫巻の「思ほゆ」は、登場人物（内大臣、光源氏）の内面的な行為であり、当人からの伝聞以外には知りえない（ただし蛍巻では「のたまふ」が続くので分からなくもない）。その点から、これらの「めり」は婉曲ではなく、元来の推量の意味合いで用いられているとみなせる。

これらに対し、胡蝶巻では、「めり」が直前の「まどひあるく」だけでなく、「まことの筋をば知らず、たゞひとへにうれしくて」にまで及んでいるとすれば、また、藤裏葉巻でも、末尾文の前文に示された、夕霧や弁少将の人となりにまで「めり」が関わるとすれば、これらの「めり」は、語り手が推量するという用法になるであろう。

終助詞「かし」

六例と数は少ないが、語り手の意図を示す終助詞で終わる例にも触れておく。

中でも目を引くのが「かし」である。冒頭文と末尾文のそれぞれに二回ずつ用いられていて、そのうち初音巻では、冒頭文と末尾文の両方に出て来て、その照応が目を引く。

〔冒〕　年たちかへる朝の空のけしき、名残なく曇らぬうらゝかげさには、数ならぬ垣根のうちだに、雪間の草若やかに色づきはじめ、いつしかとけしきだつ霞に、木の芽もうちけぶり、をのづから人の心ものびらかにぞ見ゆるかし。

〔末〕　御方〴〵、心づかひいたくしつゝ、心げさうを尽くし給らむかし。（初音）

『日本国語大辞典　第二版』には、「かし」は「聞き手あるいは自らに対して念を押し、強調する。中古に現われた助詞で、会話に多く用いられる」と説明されている。

初音巻の「かし」も、六条院完成後、最初の正月を迎える人々の心情のありように関して、冒頭文では「をのづから人の心ものびらかに」、末尾文では「心げさうを尽くし」とみなそうとする、ともに語り手の強い思い込みが表に出ていると見られる。

「かし」の残り二例のうち、一例は常夏巻の末尾文に、もう一例は朝顔巻の冒頭文に用いられている。

常夏巻の末尾文は「御対面のほど、さし過ぐしたることもあらむかし」とあり、それまでの文脈をふまえて、派手に装う近江君に対する語り手の予想を強調気味に示しているのに対して、朝顔巻の冒頭文に「かし」が用いられるのは、異例であろう。

先の初音巻の冒頭文の場合は、十分な説明があるので、まだ受け入れやすいのであるが、

斎院は、御服にておりゐ給にきかし。（朝顔）

のように、いきなり出て来ると、唐突の感を免れない。

この冒頭文には、「おとゞ、例のおぼしそめつる事絶えぬ御癖にて、御とぶらひなどいとしげう聞こえたまふ」という一文が続く。この文は、光源氏が足繁く、亡くなった式部卿宮の邸宅を訪ねるのは、じつはその娘である朝顔の姫君が斎院を辞任して実家に戻っているからだったという事情を示している。冒頭文の「かし」による念押しは、このような語り手の思い込みを強調するために、倒置的に冒頭に示したと考えられる。

第七章　文の種類

文の分類

　一文の意味・文法論的な分類として、判断文（説明文）と現象文（描写文）という二分法がある。それぞれの名称からも分かるように、判断文は表現対象に対する主体的あるいは一般的な判断を中心に示すのに対して、現象文は表現対象を一つの現象として客体的あるいは個別的なありようを中心に示す文のことである。

　ただし、この区別はあくまでも相対的にということであって、言葉によって表現する限り、一〇〇％の判断文あるいは現象文というものは存在しない。説明の中に「中心」という語を入れたのは、表現主体の意図が主体の判断と現象の記述のどちらに傾いているかを示すためである。

物語の場合、表現主体というのは書き手自身ではなく語り手としてである。そもそも物語は三人称視点が基本であるから、そういう視点自体が語り手によるものである。その語り手が物語の冒頭文あるいは末尾文に、判断文と現象文のどちらを用いるかは、物語の文章における語り手の露出具合に関わる。一般に「草子地」と呼ばれるのは、判断文に他ならない。

つまり、冒頭文あるいは末尾文が判断文である場合には、物語の内側ではなく外側から、語り手が物語について、ある判断を示す、前書きあるいは後書きという、いわば物語の枠組みを示す性格を帯びる可能性が高いということである。

その区別の有力な指標が助詞の「は」と「が」であり、一文において、両語が置き換え可能な場合、主語相当に「は」が付けば判断文、「が」が付けば現象文となる。「は」と「が」にはまた、語用論的に、助詞の受ける語句の内容が既知の情報であれば「は」、未知の情報であれば「が」を用いるという区別もある。

もとより、以上の区別は現代日本語におけるものであり、古典にそのまま通用するとは限らない。とくに「が」は主格を表わすようになったのが中世以降のことであり、それ以前に「は」

と置き換えられるケースはなかったのである。

加えて、古典では、無助詞が「は」あるいは「が」と実質的に同じ働きをすることもあり、そのどちらに相当するかを見極めるのは容易ではない。

たとえば、「伊勢物語」の段冒頭によく見られる「昔、男ありけり」という一文の場合、「男」には助詞が付いていない。「は」と「が」のどちらを補うかといえば、「が」であろう。それは、段冒頭ゆえに、その「男」がどんな男なのか、読み手にとっては未知の情報だからであり、判断のしようがないからである。

それに対して、たとえば「枕草子」の「よろづのことよりも、わびしげなる車に装束わろくてもの見る人、もどかし」（第二一四段）では、段冒頭の一文の「人」にも助詞が付いていないが、補うとすれば、「は」であろう。それは、叙述されるような「人」一般に対して、「もどかし」という評価的な判断をくだしているとみなされるからである。

冒頭文の種類

では、「源氏物語」各巻の冒頭文がどうなっているかを見てみよう。

無助詞の場合も含めて、判断文が四七文であるのに対して、現象文はたったの七文しかなく、圧倒的に判断文のほうが優勢である。ということは、巻の大方は、語り手の判断を示すことから始まっていることになる。

まずは、劣勢の現象文の七文を挙げてみる（主語相当を太字で示し、＊は無助詞を示す）。

いづれの御時にか、女御、更衣あまたさぶらひ給ひける中に、いとやんごとなき際にはあらぬが**すぐれてときめき給ふ**＊有けり。（桐壺）

そのころ、**世に数まへられ給はぬ古宮**＊おはしけり。（橋姫）

そのころ、横川に、なにがし僧都とかいひて、**いとたうとき人**＊住みけり。（手習）

藻塩たれつゝわび給ひしころをひ、みやこにもさまぐ〳〵におぼし嘆く人多かりしを、さてもわが御身のより所あるは、一方の思ひこそ苦しげなりしか、二条の上などものどやかにて、旅の御住みかをもおぼつかなからず聞こえ通ひ給つゝ、位を去りたまへる仮の御よそひをも、竹のこのよのうき節を、時ぐ〳〵につけてあつかひきこえ給ふに慰め給けむ、なか

〵その数と人にも知られず、立ち別れ給ひしほどの御ありさまをもよその事に思ひやり給ふ人〳〵の、**下の心くだき給たぐひ**＊多かり。（蓬生）

故権大納言のはかなく亡せ給にしかなしさを、飽かずくちおしき物に**恋ひしのび給人**＊多かり。（横笛）

人知れぬ御心づからのもの思はしさは、いつとなきことなめれど、かくおほかたの世につけてさへわづらはしうおぼし乱るゝことのみまされば、もの心ぼそく、世中なべていとはしうおぼしならるゝに、**さすがなる事**＊多かり。（花散里）

なを雨風やまず、神、鳴り静まらで日ごろになりぬ。（明石）

七文とも無助詞であるが、桐壺・橋姫・手習の三巻の冒頭は、その巻で新たに登場する、読み手にとっては未知の人物に関する叙述であるから、「が」が補える現象文ということになる。

蓬生巻と横笛巻の冒頭は、人物がどういうことではなく、それぞれの物語が始まる状況そのものを伝えるものであるから現象文となる。花散里巻も同様で、光源氏にとって、「さすがなる事」が多いという事態そのものを示すのが中心の文である。

なお、明石巻は、主語・主題を欠く一文であり、「日ごろ」がどういう状況かを示す現象文である。

それにしても、なぜこの七巻だけが現象文で始まるのであろうか。

桐壺巻は「源氏物語」の冒頭巻であるから、誰であれ登場人物が未知なのは当然である。それに対して、第三部の橋姫巻と手習巻は、ともに「そのころ」という冒頭語に始まり、巻ごとに、正編とは異なる人物を次々と登場させるためと考えられる。

明石巻については、直前の須磨巻から、住み慣れた都とは異なる土地の不穏な状況が続いていること自体をまず印象付けるためかもしれない。

蓬生、横笛、花散里の三巻の冒頭文は、本筋に入る前提となる事態そのものを示すという、前書き的な位置付けによるものであろう。

つまり、これら七巻においては、それぞれ個別の物語展開上の事情があって、他の多くの冒頭文とは異なり、現象文が用いられたと見られる。

有助詞の判断文

冒頭文の大勢を占める判断文であるが、注意しておきたいのは、一文全体の主語・主題が必ずしも明示されているわけではなく、省略されている場合もあるということである。判断文としての冒頭文四七文のうち、明示されているのが二八文であるのに対し、省略されているのが一九文もある。

明示されている二八文のうち、「は」あるいは「も」などの助詞を伴う冒頭文は九文あり、次のような例である。一文としては短くはないが、どれも主語・主題が捉えやすい判断文になっている。

前斎宮の御まいりの事、中宮の御心に入れてもよをしきこえ給ふ、こまかなる御とぶらひまで、とりたてたる御後見もなしとおぼしやれど、**大殿**［は］、院に聞こしめさむ事を憚り給て、二条の院に渡したてまつらむことをも、この度はおぼしとまりて、たゞ知らず顔にもてなし給へれど、大方の事どもはとりもちて、親めききこえ給ふ。（絵合）

御いそぎのほどにも、**宰相の中将**[は]ながめがちにて、ほれ〴〵しき心ちするを、かつはあやしく、わが心ながら執念きぞかし、あながちにかう思ふことならば、関守のうちも寝ぬべきけしきに思ひよはりたまふなるを聞きながら、おなじくは人はるからぬさまに見はてん、と念ずるも苦しう思ひ乱れ給。 （藤裏葉）

その比、**按察大納言と聞こゆる**[は]、故致仕のおとゞの次郎なり、亡せ給にし右衛門督のさしつぎよ、童よりらう〳〵じう、はなやかなる心ばへものし給し人にて、成のぼりたまふ年月に添へて、まいていと世にあるかひあり、あらまほしうもてなし、御おぼえいとやむごとなかりける。 （紅梅）

伊予の介といひしは、故院かくれさせ給て又の年、常陸になりて下りしかば、**かの帚木**[も]いざなはれにけり。 （関屋）

これらはどれも、それぞれの登場人物がすでに知られていることを前提にして成り立っている判断文であり（関屋巻の「かの帚木」の「かの」という指示語はそのことを端的に示す）、その人物に対する新たな情報が巻冒頭において示されていることになる。

「は」という助詞に関して、やや特殊な例に、次のようなものもある。

これは、源氏の御族にも離れ給へりし、後の大殿わたりにありける悪御達の、落ちとまり残れるが、**問はず語りしをきたる**は、紫のゆかりにも似ざめれど、**かの女どもの言ひける**は、「源氏の御末〴〵に、ひが事どものまじりて聞こゆるは、我よりも年の数つもり、ほけたりける人のひがことにや」などあやしがりける、**いづれか**はまことならむ。

（竹河）

どこまでを一文とするかという問題もあるものの、テキストの句読に従い、この全体で一文とすると、その中に「は」が五つも用いられている。一文の主語・主題表現は冒頭の「これは」であり、それに対応する説明の中に、「は」を伴う、いわば小主題が連続的に見られるわけであるが、その結果としてやや分かりにくい表現になっている。

無助詞の判断文

今度は、助詞を伴わない冒頭文のほうの例も、いくつか挙げてみる。

御裳着のことおぼしいそぐ御心をきて＊、世の常ならず。（梅枝）

まめ人の名を取りてさかしがり給大将＊、この一条の宮の御ありさまをなをあらまほしと心にとゞめて、大方の人目にはむかしを忘れぬ用意に見せつゝ、いとねんごろにとぶらひきこえ給。（夕霧）

紫の上＊、いたうわづらひ給し御心ちの後、いとあづしくなり給て、そこはかとなくなやみわたり給こと久しくなりぬ。（御法）

きさらぎの二十日のほどに、**兵部卿の宮＊**、初瀬にまうで給。（椎本）

これら無助詞の冒頭文は、現象文とも判断文ともみなせる。判断文とするのは、巻冒頭ではありながら、それぞれの主語相当の人物が読み手にとって既知である、つまり先立つ巻に示されていることが前提になっているからである。逆に言えば、これらの冒頭文が現象文であるとすれば、各人物は未知の人物ということになってしまい、不自然になろう。

略題表現

厄介なのは、主語・主題が省略されている冒頭文のほうで、それが一九文もある。なぜ厄介かというと、それらを判断文とするには、巻冒頭で省略されているにもかかわらず、その主語・主題が既知情報として特定されなければならないからである。ただし、手掛かりがなくもない。それが文末の述語動詞である（波線を付す）。

世の中かはりて後、よろづものうくおぼされ、御身のやむごとなさも添ふにや、軽ぐしき御忍びありきもつゝましうて、こゝもかしこもおぼつかなさの嘆きを重ね給ふむくひにや、なをわれにつれなき人の御心を尽きせずのみおぼし嘆く。（葵）

東の院造りたてて、花散里ときこえし、移ろはし給ふ。（松風）

夏ごろ、蓮の花の盛りに、入道の姫宮の御持仏どもあらはし給へる、供養ぜさせ給。（鈴虫）

春の光を見給につけても、いとゞくれまどひたる様にのみ、御心ひとつはかなしさの改まるべくもあらぬに、外には例のやうに人々まいり給ひなどすれど、御心ちなやましきさまにもてなし給て、御簾の内にのみおはします。（幻）

これらの冒頭文において、尊敬の動詞あるいは補助動詞によって表現される主体としては、物語の展開からして、すでに登場している人物のうち、主人公の光源氏という蓋然性がきわめて高い。

このような尊敬語による述語動詞が用いられる冒頭文は一九文のうち一四文あり、その主体のほとんどに光源氏が想定される。ただし、

きさらぎの二十日あまり、南殿の桜の宴せさせ給。　（花宴）

のように、例外的に帝（桐壺）であるという場合もなくはない。

また、光源氏亡き後の巻では、当然ながら別の人物が主体に想定される。たとえば、

あまた年耳馴れたまひにし川風も、この秋はいとはしたなくものがなしくて、御はての事いそがせたまふ。　（総角）

山におはして、例せさせ給ふやうに、経仏など供養ぜさせ給。　（夢浮橋）

のそれぞれの主体とみなされるのは、第三部の主人公、薫君である。

以上に対して、敬意を含まない述語動詞の冒頭文五例のほうは、その主体を特定するのに、さらにそのための前提条件が必要になる。

寝られたまはぬまゝには、「我はかく人ににくまれてもならはぬを、こよひなむはじめ

てうしと世を思ひ知りぬれば、はづかしくてながらふまじうこそ思ひなりぬれ」などのたまへば、涙をさへこぼして臥したり。（空蟬）

この冒頭文について、テキストには「前巻（帚木）の終りと同じ場面から始まる」という注がある。帚木巻の末尾部分は、次のように描かれている。

「よし、あこだにな捨てそ」との給ひて、御かたはらに臥せたまへり。若くなつかしき御ありさまをうれしくめでたしと思ひたれば、つれなき人よりは中〳〵あはれにおぼさるとぞ。（帚木）

ここは、帚木巻の、その前の文脈から、空蟬に振られた光源氏が、空蟬の弟・小君とともに過ごす場面であることが分かる。その場面の続きということでなければ、この空蟬巻の冒頭文は、敬語で表わされる人物が光源氏であろうことは察せられても、その相手が誰かは不明である。

つまり、巻としてはそれぞれ独立してはいても、物語としては一続きでなければ解釈が成り立たない冒頭文ということである。

次も同様である。

冬になりゆくまゝに、川づらの住まゐいとゞ心ぼそさまさりて、うはの空なる心ちのみしつゝ明かし暮らすを、君も、「猶かくてはえ過ぐさじ。かの近き所に思立ちね」と勧め給へど、つらき所多く、心みはてむも残りなき心ちすべきを、いかに言ひてか、などいふやうに思ひ乱れたり。（薄雲）

「君」が光源氏であるのは、この一文だけでも見当が付くが、「思ひ乱れ」るのは誰かとなると、この前巻の松風巻の物語を知らなければ、特定できない。

前巻の末尾からの続きとして、この一文に示されている、住まいや状況をふまえてこそ、それが明石君であろうと察せられるのである。

次の冒頭文はさらに唐突な始まり方である。

ことはりとは思へども、うれたくも言へるかな、いでや、なぞ、かくことなる事なきあへしらひ許を慰めにては、いかゞ過ぐさむ、かゝる人づてならで、ひと事をものたまひきこゆる世ありなむや、と思ふにつけても、大方にてはおしくめでたしと思ひきこゆる院の御ため、なまゆがむ心や添ひにたらん。　（若菜下）

いきなり出て来る「ことはりとは思へども」というのは、何が「ことはり」で、誰がそう思っているのかがまったく省かれている。したがって、文末の「なまゆがむ心」が生じたのは誰なのかも、この一文だけからでは判断しかねる。

巻名として「若菜」は上下に分けられているように、若菜下巻は若菜上巻との連続で語られていることが前提になる。若菜上巻の末尾は、女三宮へ柏木の贈る歌に対する小侍従の返歌で、「かひなきことを」という一文が添えられている。それを受け取ったのはもちろん柏木で、その言葉を「ことはり」（当然）と思いつつも、「うれたくも言へるかな」と思ったのも、柏木であり、その腹いせのように、女三宮を正妻として迎えた「院」（＝光源氏）に対して「なまゆがむ心」が生じたのも柏木ということになる。

以上のように、その主体人物を表わす語が省かれ、敬語も用いられない冒頭文であっても、その前巻からの続きという前提条件の知識があれば、判断文として、それが誰かが特定できるようになっているのである。

末尾文の種類

冒頭文同様に、末尾文の種類を見ると、和歌で終わる一文を除く、五三文すべてが判断文で、現象文は見当たらない。各巻の物語全体を受けての末尾文であるから、その意味では、最後の最後で、新たな対象を話題にする現象文が来ることは考えにくい。

以上から、「源氏物語」の各巻は、内容はともかくとして、判断文の冒頭文に始まり、同じく判断文の末尾文で終わるパターンがほとんどということになる。その限りでは、冒頭文と末尾文は照応している。

末尾文の判断文のうち、主語・主題が示されているのが二七文、略されているのが二六文で、ほぼ半々である。末尾文ならば、省略がもっと多くてもよさそうであるが、冒頭文では、判断文四七文中、それぞれが二八文と一九文であったから、省略が相対的に多いとは言える。

主語・主題が示された末尾文二七文のうち、助詞によって明示されている文が一四文、非明示が一一文で、どちらにも入らない二文は、次のような例である。

おなじ蓮にとこそは、
　なき人をしたふ心にまかせてもかげ見ぬ三の瀬にやまどはむ
とおぼすぞうかりけるとや。（朝顔）

守もいとつらう、「をのれをいとひ給ふほどに、残りの御齢は多くものし給らむ、いかでか過ぐし給ふべき」などぞ、あいなのさかしらや、などぞはべるめる。（関屋）

どちらにも、「ぞ」という係助詞が用いられているが、これらを判断文としたのは、「ぞ」を介した前後で、主題と説明の関係が逆転している「隠題文」と呼ばれるものだからである。主題となっているのは、じつは「うかりける」や「あいなのさかしら」、つまり「うかりけるのは～である」、「あいなのさかしらなのは～である」という関係にあるということである。

主語・主題を明示する一四文のうち、「は」が六例、「も」が八例と、ほぼ同じくらい用いられている。その中で注目されるのは、次の二例である。

殿も、「ものむつかしきおりは、近江の君見るこそ、よろづ紛るれ」とて、たゞ笑ひぐさ

につくり給へど、**世人**は、「はぢがてら、はしたなめたまふ」など、さまぐ言ひけり。（行幸）

月日の光の空に通ひたるやうにぞ**世人**も思へる。（紅葉賀）

ともに、「世人」が主語・主題になっているが、行幸巻では「は」が受け、紅葉賀巻では「も」が受けている。前者が「は」になっているのは、直前に示されている「殿」（＝内大臣）の言動と対比してであり、後者が「も」なのは、「げにいかさまに作りかへてかは、劣らぬ御ありさまは世に出でものし給はまし」という、語り手のコメントを示す前文を受けて、語り手と同様に、ということであろう。

助詞を伴わない一一文において目に付くのは、一文として整っていないのが六文も見られることである。

たとえば、主語・主題は示されているのに対して、それに対応する述語・説明の文末形式が完結していない末尾文として、次のような例がある。

あまりもの言ひさがなき罪＊、さりどころなく。（夕顔）

この御中らひのこと＊言ひやる方なく、とぞ。（夕霧）

親王たち＊、大臣の御引き出で物、しなぐの禄ども、何となうおぼしまうけて、とぞ。（幻）

例の五十寺の御誦経＊、又かのおはします御寺にも、魔訶毘盧遮那の。（若菜下）

これらの他に、

御返、

あたらしき年ともいはずふる物はふりぬる人の涙なりけり

をろかなるべきことにぞあらぬや。（葵）

という末尾文では、「をろかなるべきことにぞあらぬや」という、語り手による評言に対応する主語・主題は、前文の「御返」の和歌ということになるであろう。

なお、除外した、和歌が引用された、

つれなき人もさこそ静むれ、いとあさはかにもあらぬ御けしきを、ありしながらのわが身ならばと、取り返すものならねど、忍びがたければ、この御畳紙の片つ方に、

空蟬の羽にをく露の木がくれて忍び〳〵に濡るゝ袖かな　（空蟬）

という末尾文についても、最後の和歌そのものが主語・主題とみなされるが、それに対する説明の述語が略されている。

略題表現

末尾文の場合、主語・主題が省略されても、冒頭文に比べれば、当該巻の末尾に至るまでの文脈展開から、それが何であるか、ある程度の見当は付けやすい。

冒頭文同様に、述語動詞が敬語か否かで分けると、二六文のうち、敬語が一四文、敬語以外

が一二文ある。冒頭文では、一七文と五文であったから、敬語無しがずいぶんと増えている。これには後で述べるような理由がある。

このうち、冒頭文では、敬語が用いられていれば、それが主人公たる光源氏あるいは薫君であると、ほぼ特定できた。それに対して、末尾文の場合には冒頭文のような制約がないので、当該の文脈しだいであり、必ずしもそれらに特定されないことになる。

実際、敬語動詞の末尾文一四文のうち、正編の八文のうちの五文は光源氏以外、続編も六文のうち二文は、薫君以外が主語と想定される。正編の四例を挙げてみる。

かく一所におはして隙もなきに、つゝむところなく、さて入りものせらるらむは、ことさらに軽め弄ぜらるゝにこそは、とおぼしなすに、いとゞいみじうめざましく、このついでに、さるべき事どももかまへ出でむによきたよりなり、とおぼしめぐらすべし。（賢木）

夢見たまひて、いとよく合はする者召して合はせ給ひけるに、「もし年ごろ御心に知られ給はぬ御子を、人のものになして、聞こしめし出づることや」と聞こえたりければ、「女子の人の子になる事はおさおさなしかし。いかなる事にかあらむ」など、このごろぞ

おぼしのたまふべかめる。（蛍）

けしきばかりもかすめぬつれなさよ、と思ひつゞけ給はうけれど、

かぎりとて忘がたきを忘るゝもこや世になびく心なるらむ

とあるを、あやし、とうちをかれず、傾きつゝ見ゐたまへり。（梅枝）

何事も御心やれる有様ながら、たゞかの宮す所の御ことをおぼしやりつゝ、をこなひの御心すゝみにたるを、人のゆるしきこえ給まじきことなれば、功徳のことをたてておぼしいとなみ、いとゞ心ふかう世中をおぼし取れるさまになりまさりたまふ。（鈴虫）

それぞれの巻の文脈内容から、賢木巻の「おぼしめぐらす」主体には弘徽殿の大后、蛍巻の「おぼしのたまふ」主体には内大臣（かつての頭中将）、梅枝巻の「見ゐたま」ふ主体には夕霧、鈴虫巻の「なりまさりたまふ」主体には秋好中宮が、それぞれに特定される。

略題で、文末に敬語が用いられていない末尾文一二文には、顕著な特徴がある。それは、語り手の語りを示す文末形式がほとんどであるという点である。

文末に引用の格助詞「と」を含むのが六例（蓬生・薄雲・玉鬘・真木柱・若菜上・夢浮橋）、「めり」が二例（若紫・藤裏葉）、言いさしが二例（花宴・匂宮）、形容詞が二例（絵合・松風）という具合である。

「と」や「めり」が伝聞を示すこと、言いさしには語り手の含意があること、形容詞（知りがたし・もの思はし）が語り手の評価であること、などはすでに述べたとおりである。

これらに対する主語・主題が略されているのは、当該巻の末尾文までの文脈に示されている内容だからこそと考えられる。

第八章　文の内容

内容分類

各巻の首尾文に表現されている内容がどんなことを中心にしているかを見てみることにする。一文の内容の中心を決めるのは難しいところもあるが、前章で取り上げた話題に対して、それに関する新たな情報の核を成す、主文節の述語・説明部分の内容をおもな手掛かりとして、次の五つに分ける。

第一に、語り手の語り、第二に、登場人物の行為、第三に、登場人物の心理あるいは思考、第四に、登場人物に関わる状態、そして第五に、風景、である。

第一の「語り」は、物語自体を構成する二番め以降とは表現レベルが異なるが、ここでは同列に示しておく。また、第二から第四までは、物語内の人事つまり登場人物に関する点では共通し、その点で、第五の「風景」とは区別される。

冒頭文と末尾文の内容を、この五つに分けた結果は、次のようになる（末尾文が和歌で終わる一文は除く）。

	〔冒頭文〕	〔末尾文〕	〔合計〕
語り‥	二	六	八
行為‥	二〇	一八	三八
心理‥	一五	一七	三二
状態‥	一三	一二	二五
風景‥	四	〇	四

まずは、合計数を見ると、「行為」がもっとも多く見られるが、「心理」や「状態」とそれほど大きな差はない。この三つで全体の九割近くになるので、これらの内容が主流になっている

と言える。これは、冒頭文と末尾文のどちらにも当てはまることであり、その点において、両者に違いは認められない。

冒頭文と末尾文においてやや偏りが見られるのは、少数派である「語り」と「風景」を中心内容とする場合で、語りはもっぱら末尾文に、風景は冒頭文のみに現われている。

内容の分布

冒頭文と末尾文における各分類内容が、「源氏物語」の巻全体にどのように分布しているかについて、個別の巻ごとではなく、第一部、第二部、第三部の三つに分けて示すと、次のようになる。

	〔第一部〕	〔第二部〕	〔第三部〕
語り‥	七	〇	一
行為‥	二五	四	九
心理‥	二〇	五	七
状態‥	八	七	一〇

風景：　四　○　○

どの部においても、「行為」「心理」「状態」の三つの内容が主となっていることに変わりはない。

三部の中で目立つのは、第一部のありようである。「語り」と「風景」を内容とする一文が第一部にほとんど集中している。また、各部の巻数の比を三対一対二とすれば、第一部には「行為」と「心理」の内容が相対的に多く、逆に「状態」は少ない。

第二部については、「状態」がもっとも多いという点、第三部では、「行為」「心理」「状態」の三つがほぼ均等になっている点が目を引く。

対応関係

巻ごとの冒頭文と末尾文それぞれの内容同士の関係がどうなっているか、具体的にはその内容の種類が一致するか否かを見ると、五四巻中、一致するのはわずか八巻しかない。つまり、ほとんどの巻では、冒頭文と末尾文の内容の種類が異なるということである。

この結果による限りでは、分け方自体に問題がなくはないとしても、各巻の冒頭文と末尾文の内容同士の関係に関しては、とくに意が払われなかったのではないかと見られる。内容の種類が冒頭文と末尾文で一致する巻を挙げると、次のとおりである。

〔心理〕　四巻：賢木・須磨・薄雲・早蕨
〔行為〕　四巻：少女・蛍・常夏・篝火

一致する巻は、第二部にはなく、第三部に早蕨の一巻のみ、残りはすべて第一部に見られ、しかも蛍巻から篝火巻までの三巻が連続している。このような差異は、配列順をそのまま執筆順に重ねないとしても、何らかの表現意図の変化として捉えることができるかもしれない。
「心理」と「行為」の内容がともに四例というのは、全体の用例数からは妥当なところであるが、主要な内容の三種の一つ「状態」の内容で冒頭文と末尾文が一致する例は見当たらない。
内容が「心理」あるいは「行為」で、冒頭文と末尾文が一致する例を、それぞれ一つずつ挙げてみる。

〔冒〕　斎宮の御下り近う成ゆくまゝに、御息所、もの心ぼそく思ほす。

〔末〕　かく一所におはして隙もなきに、つゝむところなく、さて入りものせらるらむは、ことさらに軽め弄ぜらるゝにこそは、とおぼしなすに、いとゞいみじうめざましく、このついでに、さるべき事どもかまへ出でむによきたよりなり、とおぼしめぐらすべし。
（賢木）

冒頭文に（御息所）「思ほす」、末尾文に（右大臣）「おぼしめぐらす」とあり、その主体は別であるが、どちらも「心理」を内容とする点では共通している。

〔冒〕　年かはりて、宮の御果ても過ぎぬれば、世中いろ改まりて、更衣のほどなどもいまめかしきを、まして祭のころは、大方の空のけしき心ちよげなるに、前斎院はつれ〴〵とながめ給を、前なる桂の下風なつかしきにつけても、若き人〳〵は思ひ出づることどもあるに、大殿より、「御禊の日はいかにのどやかにおぼさるらむ」と、とぶらひきこえさせ給へり。

〔末〕　姫君の御ためをおぼせば、大方のさほうも、けぢめこよなからず、いともの〳〵しくもてなさせ給へり。
（少女）

こちらの冒頭文では、前半に「風景」の描写があるものの、それをきっかけとして、その末尾は「とぶら」ふという「行為」、末尾文でも、末尾の「もてな」すという「行為」を、それぞれ一文の内容の中心としていると見ることができる。

いっぽう、内容の種類が一致しないほうでの組み合わせを整理すると（冒頭文と末尾文の順序は問わない）、

行為―状態：一三、行為―心理：一〇、行為―語り：三、行為―風景：三
心理―状態：一〇、心理―語り：三、心理―風景：一
状態―語り：二

という具合であり、極端な偏りがなく、用例数に見合って、満遍なく組み合わされている。

語りの一文

内容の種類のうち異質な、語り手の「語り」を内容とする一文は、全部で八例あるが、その

うちの二例が次の冒頭文である。

光源氏名のみこと〴〵しう、言ひ消たれたまふ咎多かなるに、いとゞ、かゝるすきごとどもを末の世にも聞き伝へて、かろびたる名をや流さむと忍び給ける隠ろへごとをさへ語り伝へけむ、人のもの言ひさがなさよ。（帚木）

これは、源氏の御族にも離れ給へりし、後の大殿わたりにありける悪御達の、落ちとまり残れるが、問はず語りしをきたるは、紫のゆかりにも似ざめれど、かの女どもの言ひけるは、「源氏の御末〴〵に、ひが事どものまじりて聞こゆるは、我よりも年の数つもり、ほけたりける人のひがことにや」などあやしがりける、いづれかはまことならむ。（竹河）

どちらも、当該巻の物語に先立って、その物語に対する語り手のコメントが文末の傍線部のような表現によって示されていて、まさに前書きとしての働きをしていると言える。

残りの六例は末尾文であるが、そのうち、右の冒頭文と同じ点で、後書きとして位置付けられるのが、次の二例である。

あまりもの言ひさがなき罪、さりどころなく。（夕顔）

いままたもついであらむおりに、思出でて聞こゆべきとぞ。（蓬生）

どちらも、当該巻の物語全体を書き記したことに対する語り手のコメントになっている。その他の四例は、直前までの文脈をふまえ、物語内の出来事に対する語り手の感想が記されている。

なお、このような巻のしめくくり方が、次に示すように、関屋と絵合の二巻に連続して見られるのも、注目される。

かゝる人〳〵の末ずゑ、いかなりけむ。（末摘花）

御返、

あたらしき年ともいはずふる物はふりぬる人の涙なりけり
をろかなるべきことにぞあらぬや。（葵）

守もいとつらう、「をのれをいとひ給ふほどに、残りの御齢は多くものし給らむ、いかでか過ぐし給ふべき」などぞ、あいなのさかしらや、などぞはべるめる。（関屋）

いかにおぼしをきつるにかと、いと知りがたし。（絵合）

行為・心理・状態の一文

「語り」以外の一文の内容については、「風景」を除けば、末尾語の章で取り上げた結果と密接に関連している。

当該章で指摘したのは、一文末尾の自立語に動詞が多いこと、動詞の中では心理（内面）に関わる語が目立つこと、などであった。

もっとも、動詞は行為を表わすのが基本であるから、その行為が外的に知覚できる行為であれ、心理に関わる行為であれ、「行為」としての内容が中心になるのは、当然のことである。

「状態」は、それを表わす動詞もあるが、名詞や形容詞などがもっぱらその役割を担う。

たとえば、複数回出現する末尾の用言では、「おはす・くよう〔供養〕ず・とぶらふ・ふす〔伏〕・きこゆ・はべり」などが外面的な行為（＝「行為」）、「おぼす・おもひみだる・おもふ・おもほゆ」などが内面的な行為（＝「心理」）に当たり、これらに対して、「あり」や「おはす〔一部〕、形容詞の「おほし・なし〔無〕」などは「状態」に当たる。

冒頭文と末尾文で、内容の種類が一致しない組み合わせの上位三つ（行為―状態、行為―心理、心理―状態）の短かめの具体例を、一つずつ挙げてみる。

〈行為―状態〉

〔冒〕　かしこには、人々、おはせぬを求めさはげどかひなし。〔状態〉

〔末〕　あやしうつらかりける契りどもを、つくぐと思つゞけながめ給夕暮れ、かげろふのものはかなげに飛びちがふを、

「ありと見て手にはとられず見れば又ゆくゑもしらず消えしかげろふ

あるかなきかの」と、例の、ひとりごち給とかや。〔行為〕

（蜻蛉）

〈行為―心理〉

〔冒〕　きさらぎの二十日あまり、南殿の桜の宴せさせ給。〔行為〕

〔末〕　いとうれしきものから。〔心理〕　（花宴）

〈心理―状態〉

〔冒〕　そのころ、世に数まへられ給はぬ古宮おはしけり。〔状態〕

〔末〕　何かは、知りにけりとも知られたてまつらむ、など心に籠めて、よろづに思ひゐたまへり。〔心理〕　（橋姫）

どれも、内容の種類が異なるだけでなく、話題となることがらも、冒頭文と末尾文ではそれぞれ異なっていて、首尾文に内容上の照応関係は認めがたい。

風景の一文

マイナーに属する「風景」としての描写の四例は、すべて冒頭文である。全例を掲げる。

なを雨風やまず、神、鳴り静まらで日ごろになりぬ。（明石）

年たちかへる朝の空のけしき、名残なく曇らぬうらゝかげさには、数ならぬ垣根のうちだに、雪間の草若やかに色づきはじめ、いつしかとけしきだつ霞に、木の芽もうちけぶり、をのづから人の心ものびらかにぞ見ゆるかし。（初音）

やよひの二十日あまりのころほひ、春の御前のありさま、常よりことに尽くしてにほふ花の色、鳥の声、ほかの里には、まだ古りぬにやとめづらしう見え聞こゆ。（胡蝶）

中宮の御前に、秋の花を植へさせ給へること、常の年よりも見どころ多く、いろくさを尽くして、よしある黒木、赤木の籬お結ひまぜつゝ、おなじき花の枝さし、姿、朝夕露の光も世の常ならず玉かとかゝやきて、造りわたせる野辺の色を見るに、はた春の山も忘られて、涼しうおもしろく、心もあくがるゝやうなり。（野分）

明石巻の例のみは、文字どおりの自然現象しかも鄙の自然の凄さを表わしているのに対して、残りの三例は対照的に、どれも都の庭園を中心とした風景の美しさを表現している。

物語は一般に人事を中心に展開するものであり、「源氏物語」に限らず、物語の冒頭文や末尾文に風景描写が出てくることは、ごく稀である。とすれば、これらは前書きとして、単に風景そのものを描写するのが目的というわけではなく、それと本筋に登場する人間の心理を重ね合わせようとする意図が察せられる。

たとえば、初音巻の「をのづから人の心ものびらかにぞ見ゆるかし」や、野分巻の「心もあくがるゝやうなり」という表現は、「風景」に伴う心理も示している。しかも、これは語り手のコメントであって、まるでその場で見ているような描き方になっているので、これだけを見れば、むしろ「心理」に分類してもよさそうなくらいである。

しかし、その心理の生み出されるきっかけが自然の風景であるように表現されているところが、人事に関する「心理」を内容の中心とする、他巻の冒頭文とは区別される点なのである。

それにしても、なぜこの四巻の冒頭文にのみ、このような表現が見られるのであろうか。

初音巻と胡蝶巻は二三番めと二四番め、野分巻は二八番めの巻で、比較的近くに位置する。この三巻は、「源氏物語」において、光源氏の栄耀栄華の極みの時期に相当する。その威光が人事のみならず風景にまで及んでいる、つまり表現としては庭園の美しさに触発された人心の動きを描いているように見えるが、じつは風景さえも含めた、光源氏を中心とした世界が文字どおり光り輝いているように見えるということを示そうとしたのではあるまいか。

ちなみに、この三巻の末尾文はどれも「行動」を中心とする内容になっているが、野分巻を除いて、

御方〳〵、心づかひいたくしつゝ、心げさうを尽くし給らむかし。（初音）

この岩漏る中将も、おとゞの御ゆるしを見てこそ、かたよりにほの聞きて、まことの筋をば知らず、たゞひとへにうれしくて、をり立ちうらみきこえまどひありくめり。（胡蝶）

のように、冒頭文の「風景」と対比的に、光源氏の意に従った人々の「行為」が示されている。

これらに対して、明石巻は須磨巻とともに、光源氏の不遇の時期であり、自然にさえも打ちのめされていることが、その冒頭文に表わされている。

それにもまして、光源氏の人生最大の不幸は紫上に先立たれたことであった。紫上亡き後を語る幻巻の冒頭文は、次のようになっている。

春の光を見給につけても、いとゞくれまどひたる様にのみ、御心ひとつはかなしさの改まるべくもあらぬに、外には例のやうに人々まいり給ひなどすれど、御心ちなやましきさまにもてなし給て、御簾の内にのみおはします。（幻）

新春の喜ばしい風景を描く、初音巻や胡蝶巻の冒頭文とは打って変わって、「春の光を見給につけても」という季節の表現から始まる、この一文には、光源氏の悲嘆のさまが対照的に描かれているのであった。

第九章　巻相互の関連性

巻の配列

「源氏物語」は全体として一つの長編物語として読まれるいっぽうで、各巻がそれぞれ一つの短編物語として成り立っていると見ることもできる。問題になるのは、その長編と短編の兼ね合いである。

たとえば、「伊勢物語」は、「男」の一代記という長編としての性格よりも、段ごとの短編としての性格のほうが強い。それに比べれば、「源氏物語」は長編としての性格が濃厚である。それは、とくに正編に関しては、光源氏という人物の誕生から死去までの「年立（としだて）」

に添って、おおよそ巻が順に配され物語られていると見られるからである。

そのような長編性つまり続き物としての性格を表現として担保するのが、巻相互の末尾文と冒頭文の関係である。前巻の末尾文が次巻の予告をしたり、当巻の冒頭文が前巻末の続きであることを前提にしたりすれば、相互の巻の連続性が認められることになる。逆に言えば、そのような連続性が前後に認められない巻は、相対的に独立性が高く、より短編的な作りになっているということである。

実際、ここまで見てきた限りでも、各巻の冒頭文には、いかにも定型的な物語の始まりとみなされるものもあれば、いきなり始まるのが不自然とみなされるものも見受けられた。末尾文についても同様である。

今、前巻の末尾文と続く巻の冒頭文との関連性を、いくつかの観点から、密接に関連し合っている場合をA、何らかの関連性は認められる場合をB、直接的な関連性は認められない場合をCの三つのパターンに分けてみる。

その結果、A相当が一〇例、B相当が二二例、C相当が二〇例となった（和歌で終わる末尾文一例は除外）。

対極のAとCを比べると、Cパターンのほうが Aの二倍もある。問題は、Bパターンの扱いである。Ｂパターンにおける関連性の度合いには濃淡があるが、ともかく関連性は認められるということで、Ａ側に寄せると、全体の約六割を占めることになる。総体としては、「源氏物語」の各巻同士の関係は一様ではなく、長編的なところも、短編的なところも、どちらとも言えないところもある、というあたりに落ち着きそうである。

配列順

配列順に並べて、巻相互の関連性パターンとしてのＡＢＣの三つの推移を見ると、次のようになる。

桐壺〔Ａ〕【帚木〔Ａ〕（空蟬）夕顔】〔Ｃ〕若紫〔Ｃ〕【末摘花】〔Ｂ〕紅葉賀〔Ｂ〕花宴
〔Ｃ〕葵〔Ｃ〕賢木〔Ｂ〕花散里〔Ｂ〕須磨〔Ａ〕明石〔Ｃ〕澪標〔Ｃ〕【蓬生〔Ｃ〕関屋】
〔Ｃ〕絵合〔Ｃ〕松風〔Ａ〕薄雲〔Ｃ〕朝顔〔Ｂ〕少女〔Ｃ〕【玉鬘〔Ｃ〕初音〔Ｃ〕胡蝶
〔Ｃ〕蛍〔Ｃ〕常夏〔Ａ〕篝火〔Ｃ〕野分〔Ｂ〕行幸〔Ｂ〕藤袴〔Ｂ〕真木柱】〔Ｂ〕梅枝
〔Ａ〕藤裏葉／〔Ｃ〕／若菜上〔Ａ〕若菜下〔Ｂ〕柏木〔Ｂ〕横笛〔Ｂ〕鈴虫〔Ｃ〕夕霧
〔Ｃ〕御法〔Ｂ〕幻／〔Ａ〕／匂宮〔Ｂ〕紅梅〔Ｃ〕竹河〔Ｂ〕橋姫〔Ｂ〕椎本〔Ｂ〕総角

〔B〕早蕨〔B〕宿木〔A〕東屋〔B〕浮舟〔B〕蜻蛉〔B〕手習〔A〕夢浮橋

この結果から、次の五点が特筆される。

第一に、「源氏物語」全体を三部に分けた場合、その切れ目となる前後の巻同士の関係では（／で示す）、第一部と第二部を分ける藤裏葉巻と若菜上巻がCパターンであり、いかにも切れ目らしいのに対して、より内容的な断絶が大きいはずの、第二部と第三部を分ける幻巻と匂宮巻は反対に、Aパターンという、強い関連性が認められてしまうという点である。

第二に、【　】で括ってある巻は、第一部の物語系統として、紫上系（紫上を中心人物として展開する巻）に対する玉鬘系（玉鬘を筆頭に、紫上以外の女性を中心人物として展開する巻）と呼ばれる巻であるが、この両系統の切り替わりの巻同士を見ると、桐壺巻と帚木巻の関係がAパターン、真木柱巻と梅枝巻および末摘花巻と紅葉巻の関係がBパターンである以外、夕顔巻と若紫巻、澪標巻と蓬生巻、関屋巻と絵合巻、少女巻と玉鬘巻のどれもがCパターンつまり関連性が認められないという点である。これは、系統の違う巻が配列の結果、入れ子になったという見方をおおよそ裏付けるものであろう。

また、物語の本筋を成すとされる紫上系に対して、玉鬘系は巻ごとの登場人物が異なり、その分だけ独立性が高く、短編的な性格であると指摘されるが、玉鬘系に含まれる一六巻の相互関係のうち、Cパターンが七つにも及ぶのは、そのことと関係しているかもしれない。

第三に、第三部では、その全体がBパターンを中心として相互に関連し合って展開しているという点である。正編でBあるいはAパターンで巻が続くのは、野分巻から藤裏葉巻までの六巻が最高である。

第四に、Aパターンで結び付く巻同士は、その範囲で、他巻との関係に比べ、物語としてのつながりとまとまりがあるのではないかという点である。

具体的には、「桐壺・帚木・空蟬」、「須磨・明石」、「松風・薄雲」、「常夏・篝火」、「梅枝・藤裏葉」、「若菜上・若菜下」、「幻・匂宮」、「宿木・東屋」、「手習・夢浮橋」という九グループが相当する。

第五に、第四とは逆に、前後の巻との関係がCパターンとなる一巻は相対的に独立性が高いのではないかという点である。その中でも注目されるのは、そのような巻が連続するという点である。

若紫・葵・夕霧の三巻はそれぞれ単独であるが、それ以外は、澪標と蓬生と関屋と絵合、玉鬘と初音と胡蝶と蛍、というような四巻続きで、それぞれ独立し合っている。これは第二点に挙げたこととも関わろう。

以上の指摘から、「源氏物語」全体の各巻同士の関係として推測されるのは、次の二点である。

一つは、第一部と第二部に関して、ＡＢＣという三つのパターンの出現には、巻配列上の都合が関わっているのではないかということである。もう一つは、第三部においては、第一部・第二部とは異なり、Ｂパターンという、付かず離れず的な関係を基本とした巻配列が行われたのではないかということである。

Ａパターン①

各パターンの実際を、順に見てみよう。

まずはもっとも少ないＡパターンであるが、最初の三巻における、桐壺巻と帚木巻、帚木巻と空蟬巻の関係がそれに当たる。

〔末〕　光君と言名は高麗人のめできこえてつけたてまつりける、とぞ言ひ伝へたるとなむ。（桐壺）

〔冒〕　光源氏名のみことゞしう、言ひ消たれたまふ咎多かなるに、いとゞ、かゝるすきごとどもを末の世にも聞き伝へて、かろびたる名をや流さむと忍び給ける隠ろへごとをさへ語り伝へけむ、人のもの言ひさがなさよ。　（帚木）

この桐壺巻の末尾文と帚木巻の冒頭文は、ともに「光源氏」という名前を主題とし、かつそれに対して語り手がコメントしていることが共通という点で、きわめて異例である。この異例性は、物語場面ならまだしも、同一テーマに対する語り手のコメントであるから、関連させようとする意図があらわすぎるということでもある。あるいは、巻の成立順や後の加筆という問題に関わる可能性があるかもしれない。

〔末〕　若くなつかしき御ありさまをうれしくめでたしと思ひたれば、つれなき人よりは中〳〵あはれにおぼさるとぞ。　（帚木）

〔冒〕　寝られたまはぬまゝには、「我はかく人ににくまれてもならはぬを、こよひなむはじめてうしと世を思ひ知りぬれば、はづかしくてながらふまじうこそ思ひなりぬれ」などのたまへば、涙をさへこぼして臥したり。　（空蟬）

帚木巻の末尾文と空蟬巻の冒頭文は、先にも触れたように、光源氏と空蟬の弟・小君がともに過ごすという同一場面であり、そうでなければ空蟬巻の冒頭文は成り立たないのであるから、関連性が強いことは言うまでもない。

Aパターン②

帚木巻と空蟬巻のような、物語場面の連続性というつながりは、他にも二個所、見られる。

〔末〕　君もいさゝか寝入り給へれば、そのさまとも見えぬ人来て、「など、宮より召しあるにはまいり給はぬ」とて、たどりありくと見るに、おどろきて、さは海の中の竜王の、いといたうものめでするものにて、見入れたるなりけり、とおぼすに、いとものむつかしう、この住まゐ耐へがたくおぼしなりぬ。（須磨）

〔冒〕　なを雨風やまず、神、鳴り静まらで日ごろになりぬ。（明石）

須磨巻の末尾文と明石巻の冒頭文は、片や光源氏の心情、片や周囲の状況という違いはあるものの、流謫地の不穏さという点で重なっている。

〔末〕　一日は、つれなし顔をなむ。めざましうとゆるしきこえざりしを、見ずもあらぬやいかに。あなかけ〳〵し。

と、はやりかに走り書きて、

いまさらに色にな出でそ山桜をよばぬ枝に心かけきと
かひなきことを。　（若菜上）

とあり。

〔冒〕　ことはりとは思へども、うれたくも言へるかな、いでや、なぞ、かくことなる事なきあへしらひ許を慰めにては、いかゞ過ぐさむ、かゝる人づてならで、ひと事をものたまひきこゆる世ありなむや、と思ふにつけても、大方にてはおしくめでたしと思ひきこゆる院の御ため、なまゆがむ心や添ひにたらん。　（若菜下）

右の若菜上巻と若菜下巻の場合は、前者の末尾文が示す書簡がなければ、後者の冒頭文は成り立たないという、密接不可分の関係にある。

残りの六個所は、話題として取り上げられる人物が同一であるという点で、Ａパターンの関連性があると認めたものである。

具体的には、松風巻と薄雲巻では明石君、常夏巻と篝火巻では近江君、梅枝巻と藤裏葉巻では夕霧、幻巻と匂宮巻では光源氏のように、巻をまたいで同一人物が話題にされている。また、第三部の宿木巻と東屋巻、手習巻と夢浮橋巻では、どちらも同じ薫君である。

このように、話題として同一人物であることがどのように認定されるのか、たとえば、幻巻の末尾文と匂宮巻の冒頭文の場合を、例として挙げて説明する。

〔末〕 親王たち、大臣の御引き出で物、しなぐ〵の禄ども、何となうおぼしまうけて、とぞ。（幻）

〔冒〕 光隠れ給にし後、かの御影にたちつぎ給べき人、そこらの御末ぐ〵にありがたかりけり。（匂宮）

幻巻の末尾文の「おぼしまうく」という尊敬語の対象は、この文では省略されているが、光源氏であり、匂宮巻の冒頭文では、比喩的な「光」と、「御影」や「御末」の「御」という語から、それが亡くなった光源氏を表わしているととることができる。それにより、生前と死後の時間的なブランクはあるものの、光源氏つながりのAパターンと捉えられるのである。

Cパターン①

次に、Bより先に、Aとは対極にあるCパターンのほうを取り上げる。

Cパターンは「直接的な関連性は認められない」と規定したが、およそ関連性がまったくないというのは考えがたい。首尾文においても、正編ならば、光源氏になんら関与しないことが取り上げられるということはありえまい。

しかし、そこまで広く捉えてしまうと、分類自体に意味がなくなるので、冒頭文と末尾文でおもな話題になっている対象（ほとんどが人物）が異なっていれば、Cパターンに分類してみた。

たとえば、次のようなケースがCパターンの典型となる。

〔末〕　夢見たまひて、いとよく合はする者召して合はせ給ひけるに、「もし年ごろ御心に知られ給はぬ御子を、人のものになして、聞こしめし出づることや」と聞こえたりけ

れば、「女子の人の子になる事はおさおさなしかし。いかなる事にかあらむ」など、このごろぞおぼしのたまふべかめる。（蛍）

〔冒〕　いと暑き日、東の釣殿に出で給ひてすゞみ給ふ。（常夏）

蛍巻の末尾文は内大臣、常夏巻の冒頭文は光源氏で、それぞれの主体が別であり、それぞれの行為にもまったく関係がない。

〔末〕　大方もの静かにおぼさるるころなれば、たうとき事どもに御心とまりて、例よりは日ごろ経たまふにや、すこし思ひ紛れけむとぞ。（薄雲）

〔冒〕　斎院は、御服にておりゐ給にきかし。（朝顔）

薄雲巻の末尾文は主体が略されているが、明石上、朝顔巻の冒頭文は斎院（＝朝顔君）であり、話題として取り上げられる人物が異なっている。

同じく光源氏に関わる一文であっても、

〔末〕　むすめなどはた、かばかりになれば、心やすくうちふるまひ、隔てなきさまに臥し起きなどはえしもすまじきを、これはいとさま変はりたるかしづき種なり、と思ほいためり。（若紫）

〔冒〕　思へどもなを飽かざりし夕顔の露にをくれし心地を、年月経れどおぼし忘れず、こゝかしこも、うちとけぬかぎりの、けしきばみ心ふかき方の御いどましさに、け近くうちとけたりしあはれに似る物なう恋しく思ほえ給ふ。（末摘花）

のような場合は、光源氏の思いの対象が若紫巻では若紫、末摘花巻では亡き夕顔と異なっている。その限りでは、両文には話題としての直接的な関連性は認められない。

Cパターン②

取り上げられる話題の人物が異なるのではなく、人物と風景という違いによって、関連性無しとみなされるのが三個所ある。それらは、すでに一文の内容の章でも確かめたものである。

最初は、玉鬘巻と初音巻で、玉鬘巻の末尾文は、末摘花に対する光源氏の返歌が伝聞の形で記されているが、初音巻の冒頭文は、それと関わりなく、初春の庭の様子が中心に描かれてあり、関連性が認められない。

〔末〕　返さむといふにつけても片敷の夜の衣を思ひこそやれ
　　ことはりなりや。
　とぞあめる。（玉鬘）

〔冒〕　年たちかへる朝の空のけしき、名残なく曇らぬうらゝかげさには、数ならぬ垣根のうちだに、雪間の草若やかに色づきはじめ、いつしかとけしきだつ霞に、木の芽もうちけぶり、をのづから人の心ものびらかにぞ見ゆるかし。（初音）

次は、初音巻と胡蝶巻で、初音巻の末尾文は光源氏邸での宴会の参加者の様子が示されているのに対して、胡蝶巻は、初音巻の冒頭文と同様に、庭の情景の描写から始まっている。

〔末〕　御方〱、心づかひいたくしつゝ、心げさうを尽くし給らむかし。（初音）

〔冒〕　やよひの二十日あまりのころほひ、春の御前のありさま、常よりことに尽くしてにほふ花の色、鳥の声、ほかの里には、まだ古りぬにやとめづらしう見え聞こゆ。

（胡蝶）

三つめは、篝火巻と野分巻で、篝火巻の末尾文が、

絶えせぬ仲の御契をろかなるまじきものなればにや、この君たちを人知れず、目にも耳にもとゞめ給へど、かけてさだに思ひよらず、此中将は心のかぎり尽くして、思ふ筋にぞ、かゝるついでにも、え忍びはつまじき心ちすれど、さまよくもてなして、おさ〳〵心とけても搔きわたさず。（篝火）

のように、「中将」（＝柏木）の心情を中心に表現しているのに対して、野分巻の冒頭文では一転して、

中宮の御前に、秋の花を植へさせ給へること、常の年よりも見どころ多く、いろくさを尽くして、よしある黒木、赤木の籬お結ひまぜつゝ、おなじき花の枝さし、姿、朝夕露の光も世の常ならず玉かとかゝやきて、造りわたせる野辺の色を見るに、はた春の山も忘ら

れて、涼しうおもしろく、心もあくがるゝやうなり。（野分）

のように、「中宮」（＝秋好中宮）の庭の様子を詳細に描くところから始められている。これらはどれも、後続巻の冒頭文が風景描写であり、先行巻の末尾文が人心に関わる内容であることから、Cパターンに含まれる。

ただし、このような風景描写の冒頭文であるにもかかわらず、CではなくAのパターンとみなしたのが、唯一つある。次の、須磨巻の末尾文と明石巻の冒頭文である。

〔末〕　君もいさゝか寝入り給へれば、そのさまとも見えぬ人来て、「など、宮より召しあるにはまいり給はぬ」とて、たどりありくと見るに、おどろきて、さは海の中の竜王の、いといたうものめでするものにて、見入れたるなりけり、とおぼすに、いとものむつかしう、この住まゐ耐へがたくおぼしなりぬ。（須磨）

〔冒〕　なを雨風やまず、神、鳴り静まらで日ごろになりぬ。（明石）

須磨巻末尾文最後にある「この住まゐ耐へがたくおぼしなりぬ」も、明石巻冒頭文も、ともに流謫地にある光源氏だからこその受け止め方であるという点で、強い関連性がある。

Cパターン③

以上とは別に、語りのレベル自体が異なるということで、関連性無しとみなされるのが三個所ある。

まずは、夕顔巻の末尾文と若紫巻の冒頭文である。

若紫巻の冒頭文では、前にも引用したように、光源氏が北山行きを決断することが示されているのに対して、夕顔巻の末尾文は次のようになっている。

あまりもの言ひさがなき罪、さりどころなく。（夕顔）

この直前には、「かやうのくだ〳〵しき事は、あながちに隠ろへ忍び給しもいとをしくて、みな漏らしとゞめたるを、「など、みかどの御子ならんからに、見ん人さへかたほならず物ほめがちなる」と、作りごとめきて取りなす人ものし給ければなん」という一文があり、語り手が光源氏についてあえて語ったことに対する弁明が草子地として示されている。どちらも光源氏に関わるとはいえ、物語の外と内という点では、直接の関連性がない。
二つめは、蓬生巻と関屋巻である。

〔末〕 いままたもついであらむおりに、思出でて聞こゆべきとぞ。（蓬生）

〔冒〕 伊予の介といひしは、故院かくれさせ給て又の年、常陸になりて下りしかば、かの帚木もいざなはれにけり。（関屋）

関屋巻の冒頭文が物語内の出来事を示しているのに対して、蓬生巻の末尾文の直前には「いますこし問はず語りもせま〔ほ〕しけれど、いと頭いたううるさくものうければなむ」とあり、やはり当該巻の内容に関する語りである。
もう一つは、紅梅巻と竹河巻で、紅梅巻の末尾文は「母君ぞ、たまさかにさかしらがりきこえ給ふ」という出来事の叙述でしめくくる一文になっているのに対して、竹河巻の冒頭文は、「これは、源氏の御族にも離れ給へりし、後の大殿わたりにありける悪御達の、落ちとまり残れるが、問はず語りしをきたるは」で始まる、当該巻の物語の由来を示すという草子地であり、語りのレベルも内容も関わりがない。

Bパターン①

最後に、AとCの中間に位置付けられるBパターンの例を取り上げる。

「何らかの関連性は認められる」というのは、きわめてあいまいな規定であるが、じつはこのもっとも扱いに困るパターンが「源氏物語」の全体構成、巻配列の鍵を握っているのではないかと考えられる。

Aでもこでもないというあいまいさは、該当する冒頭文あるいは末尾文の表現自体に起因するところもある。その一つが、冒頭文に指示語が用いられている場合である。

たとえば、第三部の紅梅・橋姫・宿木・手習という、比較的近接する巻の冒頭文は「そのころ」で始まっていた。この「その」という指示語は、前方の文脈を指示するので、それが巻冒頭文にあれば、その直前の巻、紅梅巻なら匂宮巻、橋姫巻なら竹河巻、宿木巻なら早蕨巻、手習巻なら蜻蛉巻の文脈を指示することになる。

しかも「その」が修飾するのは「ころ（頃）」という、比較的ゆるい時間幅であり、その時間幅さえ一致していれば、前後の巻それぞれの出来事自体との関係が問われることはない。それでも、時間的な関係としてはつながっているように示されるのである。

「そのころ」で始まる冒頭文四例は、次のように、見事なまでに表現がパターン化している。

その比、按察大納言と聞こゆるは、故致仕のおとゞの次郎なり、亡せ給にし右衛門督のさしつぎよ、童よりらう〳〵じう、はなやかなる心ばへものし給し人にて、成のぼりたまふ年月に添へて、まいていと世にあるかひあり、あらまほしうもてなし、御おぼえいとやむごとなかりける。（紅梅）

そのころ、世に数まへられ給はぬ古宮おはしけり。（橋姫）

その比、藤壺と聞こゆるは、故左大臣殿の女御になむおはしける。（宿木）

そのころ、横川に、なにがし僧都とかいひて、いとたうとき人住みけり。（手習）

どれも、「そのころ」に始まり、「けり」で結んで、当該巻に新たに登場する人物の紹介になっているのである。その点では、前書きの役割を果たすものとしての冒頭文にふさわしい。

ただし、紅梅巻では「按察大納言と聞こゆるは」、宿木巻では「藤壺と聞こゆるは」のように、「は」という助詞が用いられていて、新たに登場する人物であるにもかかわらず、既知の話題として取り上げる判断文になっている。

これが成り立つのは、既知なのは名前だけであって、当該巻において初めて、その人物像との同定が行われるからであり、人物紹介という実質的な役割に変わりはない。

巻同士の関係としては、新たな人物の紹介なのであるから、前巻の末尾文の内容とは、そもそも関連しようがないはずである。たとえば、橋姫巻の前巻である竹河巻の末尾文は「宰相は、とかくつきづきしく」であり、橋姫巻の冒頭文にある「古宮」と「宰相」とは、さしあたり何の関係もない。

それならば、当該の冒頭文にはどれも、じつは「そのころ」という表現がなくても、巻の冒頭文として成り立つはずである。にもかかわらず、あえて「そのころ」という表現を冒頭に据えたのだとしたら、考えられるのは、先行巻と関連付けようとする意図しかない。

これらの「そのころ」という冒頭表現について、「漠然と物語の時を指定する言い方」と説明するものが見られる。「漠然と」が時間幅のことならば、そのとおりであるが、それは「その」が文脈指示性を失っていることを意味するわけではない（詳しくは、半沢幹一『土左日記表現摘記』笠間書院を参照）。

「そのころ」に準じる冒頭文の指示表現としては、他に「かく」と「かしこ」が一例ずつある。それらも、それぞれの指示する内容が前巻に想定しうるという点で、Bパターンと認定される。

〔末〕宮、「いで、あやし。むすめといふ名はして、さがなかるやうやある」とのたまへば、「それなん見ぐるしきことになむはべる。いかで御覧ぜさせむ」と聞こえ給とや。 （野分）

〔冒〕かくおぼしいたらぬことなく、いかでよからむことはと、おぼしあつかひ給へど、このをとなしの滝こそうたていとおしく、南の上の御をしはかりごとにかなひて、かる〴〵しかるべき御名なれ。 （行幸）

〔末〕なへたる衣をかをにをしあてて臥したまへりとなむ。 （浮舟）

〔冒〕かしこには、人々、おはせぬを求めさはげどかひなし。 （蜻蛉）

野分巻の末尾文は、内大臣が近江君に関する愚痴を語っているのに対して、行幸巻の冒頭文は、光源氏が玉鬘について思い悩んでいることを表わしている。この両文を「かく」という指示副詞によって結び付けようとしたとするならば、内大臣が娘のことで思い悩んでいるように、光源氏も同様に思い悩んでいるということになるであろう。かなり苦しい解釈かもしれないが、冒頭文の「かく」を、程度副詞としても後方を指示する語としてもとるのは困難である。

蜻蛉巻冒頭文にある「かしこ」という場所を指す指示語は、先行する浮舟巻の舞台となった宇治の地を示すととるしかない。その地に関わってメインの話題となっているのは浮舟という女性である。

浮舟は、浮舟巻でも蜻蛉巻でも、宇治にいたわけであるから、同じ場所であるにはちがいないが、視点の位置が変わっている。浮舟巻末尾文においては、浮舟の様子を表わす、その地・その場での視点の描写であるが、蜻蛉巻では、その冒頭文に続く「物語の姫君の人に盗まれたらむあしたの様なれば、くはしくも言ひつゞけず」という一文に明らかなように、都にいる語り手の視点に移っているのである。

それでも、この「かしこ」という指示語の存在によって、浮舟巻と蜻蛉巻はBパターン程度に結び付けられているのである。

Bパターン②

「そのころ」という時間表現は、当該巻の物語開始の時間設定を示すものであった。これと同じく、冒頭文における時間設定は、その前巻の末尾文に表わされた出来事に設定された時間からの推移を示すことになるという点で、関連性をもつと言える。「そのころ」同様、その出来事相互の関係は問わないという点から、AではなくB程度の関連性とみなす。

たとえば、次のような個所である。

〔末〕　おなじ蓮にとこそは、

なき人をしたふ心にまかせてもかげ見ぬ三の瀬にやまどはむ

とおぼすぞうかりけるとや。（朝顔）

〔冒〕　年かはりて、宮の御果ても過ぎぬれば、世中いろ改まりて、更衣のほどなどもいまめかしきを、まして祭のころは、大方の空のけしき心ちよげなるに、前斎院はつれ〴〵とながめ給を、前なる桂の下風なつかしきにつけても、若き人〴〵は思ひ出づることどもあるに、大殿より、「御禊の日はいかにのどやかにおぼさるらむ」と、とぶ

らひきこえさせ給へり。（少女）

〔末〕例の五十寺の御誦経、又かのおはします御寺にも、魔訶毘盧遮那の。（若菜下）

〔冒〕衛門の督の君、かくのみなやみわたり給こと猶をこたらで、年もかへりぬ。（柏木）

「年かはる」「年かへる」という類似した表現が冒頭文にあり、ともに前巻からの時間経過を表わしている。とはいえ、それぞれに示された出来事と、前巻末尾文に示された出来事との直接的なつながりはない。さらに言えば、少女巻では朝顔巻から、新年を迎えるとともに、状況が一新したのに対して、柏木巻では、新年を迎えても、以前と状況が変わらない、というように、内容は対照的になっている。

他に、時間設定が表示された冒頭文としては、「きさらぎの二十日あまり」（花宴）、「きさらぎの二十日のほどに」（椎本）、「神な月の十日あまりなり」（紅葉賀）、「夏ごろ、蓮の花の盛りに」（鈴虫）があり、より漠然とした「春の光を見給につけても」（幻・早蕨）というのもある。

それぞれの前巻の末尾文に、時間に関わる表現はなく、これらの時間設定がいつと対比してのものかは明らかではないが、少なくとも前巻末尾の出来事とは隔たった時間から始まることが示されているという程度の関連性は認められよう。

第一〇章　各巻の照応関係

照応関係

「源氏物語」各巻における首尾文のありようを見てきたが、観点によって、その様相がずいぶんと違っていて、全体的な傾向はともかく、個々の巻で両文の関係がどうなっているかについては、顕著な場合しか取り上げてこなかった。

「源氏物語」各巻を、一つの物語、一つの文章と見た場合、それなりの完結性が求められる。その完結性の一つの目印として、冒頭文と末尾文があると考えるのであるが、この両文に、それ以外の文との関係とは異なる点や照応関係が認められれば、一つの文章としてのまとまりがあるとみなせよう。

それ以外の文とは異なる点というのは、それぞれの巻において、何らかの異質性が認められるということである。また、照応関係というのは、ここでは、対応関係よりも広い意味で、冒頭文と末尾文の形式的あるいは内容的な一致性・共通性だけでなく、何らかの関連性までを含めて、それがあるということである。

これまで「源氏物語」全体の様相を見てきた限りでは、以上のような性格が認められる巻もあれば、なさそうな巻もあったが、あらためてそれらの観点をひとまとめにして整理するとどうなるか、確かめてみよう。

前書きとしての冒頭文

「前書き」とは普通、本題・本文に入る前の文章を言い、その趣旨・方針・事情などを述べる「序文」よりは内容的に緩く、また形式的にも本文から独立しているとは限らない。その場合、「本題・本文」に先行して置かれるが、どこから「本題・本文」なのか、あるいはそもそも「前書き」があるのか、などについて明確に判断できるものではない。

たとえば、「土左日記」では別建ての序文がないため、本文冒頭部分において、序文相当の前書きがどの範囲までなのかについて、諸説がある（半沢幹一『土左日記表現摘記』笠間書院、参照）。

「源氏物語」についても同様である。五四巻全体の前書きがあるかと言えば、「源氏物語」の最初に配置される桐壺巻の冒頭の一文あるいは一段落を、それと認めるには、それなりの説明が必要になるであろう。

たとえば、上野英二「源氏物語革命―その結構について―」（『文学』二〇〇三年七・八月号）は、『源氏物語』は、物語の伝統を踏まえながら、その伝統とは一線を画して大きな飛躍を果しているのである」として、この冒頭文を取り上げ、「物語の冒頭で紹介されるのは、主人公の父か両親であって、母親の存在が単独で示されるというのは、空前の出来事であ」り、『源氏物語』の革命の定礎はその冒頭文に桐壺更衣という女性の存在が定位されたときに、しっかりと定められていた」と述べる。

これは、当該巻にとどまらず、『源氏物語』全体における前書きとしての意味付けをしようとしたものであろう。

本章では、各巻冒頭の一文に関してのみ、それが各巻の前書きとしての性格と関連性が強いか否かを確認する。前書きとしての性格を示すとみなされる要素として設定したのは、次の一

○項目である。合わせて、各項目に関わる言及のある章をそれぞれカッコ内に示す。

A：語り手の語りを示す。（第八章）※書くことに関する記述に限定。
B：単独で一段落を構成する。（第一章）
C：前巻末尾文とつながりがある。（第九章）
D：会話の引用がない。（第四章）
E：風景を描写する。（第七章）
F：心情を含む状況を説明する。（第八章）
G：主体人物が明示される。（第七章）
H：時間表現から始まる。（第五章）
I：文末に「けり」が来る。（第六章）
J：文が短かめである。（第二章）※二行までに限定。

この順番は、一応、前書きとみなしうる優先度の高そうなものから挙げたつもりである。優先度とは、他の文一般からの異質性の度合いと、続く内容の如何に左右されない、「源氏物語」

あるいは広く古典物語における定型性の度合いによる。

たとえば、A項目は、それに当てはまるだけで前書き相当と言えるが、実際に該当するのは帚木と竹河の二巻しかないので、基準として冒頭文全体に適用できるものではない。

A項目ほどではないとしても、それ以外の項目も、すでに見てきたように、該当する冒頭文はけっして多いというわけではなく、個々の項目としてではなく、いわば消去法的な項目設定であり、それらの状況証拠の積み重ねから、前書き度を計ることにする。

各巻の前書き度

上記一〇項目のうち、各巻の冒頭文が何項目に該当するかを整理すると、次のとおり。

七項目：　二巻（宿木・手習）
六項目：　四巻（匂宮・紅梅・橋姫・椎本）
五項目：一一巻（桐壺・紅梅・澪標・少女・若菜上・横笛・鈴虫・総角・早蕨・東屋・浮舟）
四項目：一六巻（帚木・葵・賢木・花散里・明石・蓬生・関屋・玉鬘・蛍・篝火・藤袴・梅枝・柏木・御法・幻・蜻蛉）

三項目：一三巻（夕顔・末摘花・花宴・薄雲・初音・胡蝶・常夏・真木柱・藤裏葉・若菜下・夕霧・竹河・夢浮橋）
二項目：四巻（絵合・松風・朝顔・行幸）
一項目：四巻（空蟬・若紫・須磨・野分）

最多で七項目、最少で一項目の巻があり、四項目該当が一六巻ともっとも多く、その前後を含めると計四〇巻、全体の約四文の三を占める。この結果は、三項目から五項目に該当する巻の冒頭文が、『源氏物語』全体の平均的なありようであり、前書きとしての性格もまさに中間的であることを示している。

それに対して、六項目や七項目該当の六巻の冒頭文は、前書き度がかなり高く、逆に、一項目や二項目該当の八巻の冒頭文は、前書き度がかなり低いことになる。

該当数が最多と最少の冒頭文

もっとも多い七項目の二巻と、もっとも少ない一項目の四巻の冒頭文を挙げてみる。
まずは該当項目最多のほうから。

その比、藤壺と聞こゆるは、故左大臣殿の女御になむおはしける。（宿木）

そのころ、横川に、なにがし僧都とかいひて、いとたうとき人住みけり。（手習）

宿木巻と手習巻の冒頭文はともに、基準項目のＣＤＦＧＨＩＪの七項目にも該当し、Ａ（語り）、Ｂ（段落）、Ｅ（風景）の三項目から外れているだけである。この三項目は、どれも前書き要素としてはきわめて有力なものではあるが、それらを除いても、「源氏物語」第三部にのみ見られる、前書きらしさを備えていると言える。

次は、該当項目が最少の四巻の冒頭文。

寝られたまはぬまゝには、「我はかく人ににくまれてもならはぬを、こよひなむはじめてうしと世を思ひ知りぬれば、はづかしくてながらふまじうこそ思ひなりぬれ」などのたまへば、涙をさへこぼして臥したり。（空蟬）

わらは病にわづらひ給て、よろづにまじなひ、加持などまいらせ給へど、しるしなくてあまたたびおこり給ければ、ある人、「北山になむなにがし寺といふ所にかしこきをこなひ人侍る。こぞの夏も世におこりて、人〳〵まじなひわづらひしを、やがてとゞむるたぐひあまた侍りき。ししこらかしつる時はうたて侍を、とくこそ心みさせたまはめ」など聞こゆれば、召しに遣はしたるに、「老いかゞまりて室の外にもまかでず」と申たれば、「いかゞはせむ。いと忍びてものせん」との給て、御供にむつましき四五人ばかりして、まだあか月におはす。（若紫）

世中いとわづらはしくはしたなきことのみまされば、せめて知らず顔にあり経ても、これよりまさることもやとおぼしなりぬ。（須磨）

中宮の御前に、秋の花を植へさせ給へること、常の年よりも見どころ多く、いろくさを尽くして、よしある黒木、赤木の籬お結ひまぜつゝ、おなじき花の枝さし、姿、朝夕露の光も世の常ならず玉かとかゝやきて、造りわたせる野辺の色を見るに、はた春の山も忘られて、涼しうおもしろく、心もあくがるゝやうなり。（野分）

これらの四巻は、どれも「源氏物語」第一部にあるが、該当項目がそれぞれ異なり、空蟬巻はC項目（前巻）、若紫巻はB項目（段落）、須磨巻はD項目（会話無し）、野分巻はE項目（風景）のみに該当している。ただし、CやEは、他の項目に比べ、前書きとしての傾向が強いので、空蟬巻と野分巻については一項目分以上の重さがあるとは言える。

それにしても、実際にこれらの冒頭文を読んでみて、いかにも前書きという感じがするであろうか。どれもいきなり物語の中に入るような始まり方である。

該当中間の冒頭文

ちょうど中間の四項目が該当する一六巻に関して、各項目にどのくらい分布しているかを見ると、次のようになっている（△印は該当に準じることを示す）。

A：　一巻（帚木）

B：　七巻（葵・花散里・蓬生・玉鬘・蛍・篝火・藤袴）

C：　九巻（帚木・花散里・明石・篝火・藤袴△・梅枝△・柏木△・幻△・蜻蛉△）

D：一五巻（帚木・葵・賢木・花散里・明石・蓬生・関屋・玉鬘・蛍・藤袴・梅枝・柏木・御法・幻・蜻蛉）

E：一巻（明石）

F：一四巻（帚木△・葵△・賢木△・花散里△・蓬生・玉鬘△・蛍△・篝火△・藤袴△・梅枝△・柏木・御法・幻△・蜻蛉）

G：三巻（関屋△・柏木・御法）

H：七巻（葵△・賢木△・蓬生・玉鬘△・蛍△・篝火・幻△）

I：一巻（関屋）

J：七巻（賢木・明石・関屋・梅枝・柏木・御法・蜻蛉）

D項目（会話なし）やF項目（状況）にはほとんどの巻の冒頭文が当てはまっているが、F項目に△印が多いのは、一文の中にその要素を表わす表現が含まれているという程度であり、それが物語を起動させる前提状況を示すという点で、前書き的とみなしたものである。

それに対して、一巻のみ該当するのが、帚木巻のA項目（語り）と、明石巻のE項目（風景）、関屋巻のI項目（けり）である。同じ四項目該当でも、関屋巻に比べると、帚木巻と明石巻は、

A項目もE項目も優先度が高く、しかもC項目（前巻）にも該当するので、前書き度は相対的に高いと言えよう。

他の項目は、三巻から九巻までばらついていて、それぞれ単独では積極的に前書き相当とはみなしがたい。

なお、冒頭巻の桐壺巻の冒頭文は五項目（D・G・H・I・J）に当てはまるので、中間的なありようである。とはいえ、G項目に関しては、最初の登場人物（桐壺更衣）の紹介になっていて、HとIという項目とあいまって、該当項目数以上に、前書きとしての性格を強く持っていると言える。

全体構成との関係

以上に示してきた、六・七項目該当の、前書き度の高い巻をⅠグループ、三から五項目該当の、中間的な巻をⅡグループ、そして、一・二項目のみ該当の、前書き度の低い巻をⅢグループとして、「源氏物語」の第一、第二、第三の部に分けて、グループの分布を見ると、次のようになる。

	Ⅰ	Ⅱ	Ⅲ
第一部	0	25	8
第二部	0	8	0
第三部	6	7	0

この結果から、各部に関して、次のことが指摘できる。

第一部については、Ⅰグループつまり前書き度の高い冒頭文は皆無であるのに対して、Ⅲグループつまり前書き度の低い冒頭文がこの部にのみ見られる。なお、紫上系と玉鬘系に分けても、前者のⅡが一三巻、Ⅲが四巻、後者のⅡが一二巻、Ⅲが四巻で、傾向は似たようなものである。

第二部については、Ⅱグループの巻しか見られず、第三部については、Ⅰグループがあるのはこの部のみであり、Ⅲグループは見当たらない。

全体として、どの部であれ、Ⅱグループつまり前書き度の中間的な冒頭文が中心であることに違いはないものの、部を追うにつれ、ⅢグループからⅠグループへのシフトつまり前書きとしての性格が次第に色濃く示されるように変化していることがうかがえる。

後書きとしての末尾文

後書きは、前書き同様、本題・本文の終わった後に、それらと直接は関係のない、おもには、執筆の経緯や執筆後の思い、あるいは後日談を記したものである。書籍の場合は、「前書き」「後書き」というタイトルを付して、本文・本編と別建てで示されるので、それとすぐに分かるが、古典の和文物語の場合には、そのような形式上の区別がなく、そもそも前書きや後書きを書き記すという意識があったのかさえ不明である。

ただ、たとえば、物語の祖と呼ばれる「竹取物語」の「今は昔」で始まる冒頭文と「とぞ言ひ伝へたる」で結ぶ末尾文は、物語文の全体構造を示す定型表現であり、その定型をふまえる限り、物語内容とは独立した、一種の前書き、後書きという性質を帯びると考えられる。

「源氏物語」各巻の末尾文についても、冒頭文との照応関係を念頭に入れて、後書き的な性格と関連性が強いとみなされるものを、次の一〇項目、設定してみた。

Ａ：語り手の語りを示す。（第八章）

Ｂ：一段落を構成する。（第一章）

C：後続巻冒頭文とつながりがある。（第九章）
D：和歌の引用がある。（第四章）
E：風景を描写する。（第七章）
F：その後の展開を示す。（第八章）
G：関連情報を付加する。（第七章）
H：文末に推量表現がある。（第六章）
I：文末に引用を示す表現がある。（第六章）
J：文が短かめである。（第二章）

各巻の後書き度

上記一〇項目のうち、各巻の末尾文が何項目に該当するかを整理すると、次のとおり。

五項目：　四巻（桐壺・末摘花・薄雲・朝顔）
四項目：一二巻（帚木・花散里・蓬生・玉鬘・常夏・藤袴・真木柱・藤裏葉・夕霧・幻・東屋・夢浮橋）

三項目：一九巻（紅葉賀・葵・賢木・明石・関屋・松風・初音・蛍・若菜上・若菜下・柏木・横笛・御法・竹河・橋姫・椎本・総角・浮舟・蜻蛉）
二項目：一〇巻（夕顔・若紫・花宴・須磨・絵合・胡蝶・野分・梅枝・宿木・手習）
一項目：九巻（空蟬・澪標・少女・篝火・行幸・鈴虫・匂宮・紅梅・早蕨）

冒頭文に比べると、総体的に該当項目数が少なく、最多で五項目までしかなく、一項目のみが冒頭文の倍以上になっている。ただし、中央値の三項目とその前後を含めると、全体の約四分の三になるのは、冒頭文とほぼ同じである。

この平均的なありようとしての該当項目数からは、末尾文のほうが、冒頭文よりも、本文との異質性が低い、つまり後書きらしい性質に乏しいということを意味している。

該当最多と最少の末尾文

この中で、もっとも多い五項目の巻の末尾文において、どの項目が該当するかを見てみる（該当項目を四角で囲む）。

桐壺　：A [B] [C] D E F [G] H [I] [J]
末摘花：[A] [B] [C] D E F G [H] I [J]
薄雲　：A [B] C D E [F] G [H] [I] [J]
朝顔　：A B [C] [D] E F [G] H [I] [J]

四巻すべてに共通するのがJ項目（文長）の一項目、三巻に共通するのがB項目（一段落）とC項目（後続巻）とI項目（引用表現）の三項目、二巻に共通するのがG項目（関連情報）とH項目（推量表現）の二項目、そして一巻のみがA項目（語り）とD項目（和歌）の二項目、という具合に、該当項目が分散している。このうち、基準の優先度が高いA項目を含む末摘花巻の末尾文は、次のようなものであった。

かゝる人〳〵の末ずゑ、いかなりけむ。（末摘花）

この末尾文は当該巻の本題・本文と直接的には結び付かない、いかにも後書きらしい一文であると言える。

いっぽう、もっとも少ない一項目該当の九巻であるが、その中で、澪標、篝火、行幸、鈴虫、匂宮の五巻は、準じての該当つまり関連性が認められる程度であって、しかもその項目はC項目かF項目のどちらかであり、そもそも認定が微妙なものである。

ということは、これら五巻は実際はほとんど該当が〇項目に近い、後書きらしさのほとんどない末尾文ということになる。

たとえば、匂宮巻の末尾文は、

かたち、ようゐも常よりまさりて、乱れぬさまにおさめたるを見て、「右の中将も声加へ給へや。いたう客人だたしや」とのたまへば、にくからぬ程に、「神のます」など。（匂宮）

であり、これが準じてC項目に該当するのは、次の紅梅巻の冒頭文が「その比」から始まっていることからであって、この末尾文自体に、C項目たる要素が明確にあるわけではない。

また、鈴虫巻の末尾文は準じてF項目に該当するとしたが、何事も御心やれる有様ながら、たゞかの宮す所の御ことをおぼしやりつゝ、をこなひの御心すゝみにたるを、人のゆるしきこえ給まじきことなれば、功徳のことをたてておぼしいとなみ、いとゞ心ふかう世中をおぼし取れるさまになりまさりたまふ。　（鈴虫）

という一文とともに、末尾段落を構成する、直前の一文は「中宮ぞ、中〳〵まかで給ふこともいとかたうなりて、たゞ人の中のやうに並びおはしますに、いまめかしう、なか〳〵むかしよりもはなやかに御遊びをもし給ふ」とあり、両文に内容的に大きな隔たりがあるわけではなく、ただ視点として、その時点とこれまでの経緯という差が認められるにすぎない。

該当中間の末尾文

ちょうど中間の三項目が該当する一九巻に関して、各項目にどのくらい分布しているかを見ると、次のようになっている。

A：　一巻（葵）
B：　三巻（蛍・若菜上・横笛）

C：一四巻（末摘花△・賢木△・松風・若菜上・若菜下△・柏木△・横笛△・御法△・竹河△・橋姫△・椎本△・総角△・浮舟△・蜻蛉△）

D：三巻（葵・若菜上・蜻蛉）

E：〇巻

F：七巻（末摘花△・賢木△・明石△・松風△・初音△・竹河△・橋姫△）

G：七巻（明石・関屋・蛍・若菜下・柏木・御法・椎本）

H：四巻（賢木・関屋・初音・蛍）

I：四巻（横笛・総角・浮舟・蜻蛉）

J：一四巻（末摘花・葵・明石・関屋・松風・初音・若菜下・柏木・御法・竹河・橋姫・椎本・総角・浮舟）

最多はCとJの二項目で、一九巻の七割以上の一四巻が該当しているが、C項目については、すでに述べたように、巻相互のつながりは後続巻の冒頭文に拠るところが大きく、またJ項目はこれ単独で後書きらしさを示すものではない。

最小はE項目（風景）であり、冒頭文とは違って、人事からの場面転換を示す末尾文はこの中には認められないということである。葵巻一巻のみ該当するのがA項目で、次のとおりである。

をろかなるべきことにぞあらぬや。（葵）

直前にある、亡き葵上の母親の和歌に対する、語り手のコメントであり、執筆自体には関わらないものの、それまでとは位相を異にする末尾文であり、後書き的である。

これら以外では、BとDの二項目が三巻、HとIの二項目が四巻、そしてFとGの二項目が七巻のように、分散している。このうち、F項目はC項目と同様、そのほとんどは準じた該当であって、後書き的とみなすかどうかは、判断の分かれるところであろう。

なお、最終巻の夢浮橋巻の末尾文は、冒頭巻の桐壺巻の冒頭文が五項目（D・G・H・I・J）に当てはまったのに対して、四項目（B・F△・H・I）の該当であり、やはり中間的なありようではある。それでも、HとIという表現形式に関わる二点において、桐壺巻の冒頭文と共通するところを見ると、「源氏物語」全体の、物語としての枠組みという点では関係するかもしれない。

全体構成との関係

冒頭文同様に、末尾文において、五項目該当の巻をⅠグループ、一項目のみ該当の巻をⅢグループ、その間の四項目から二項目該当の巻をⅡグループとして、「源氏物語」の各部における分布を見ると、次のようになる。

	Ⅰ	Ⅱ	Ⅲ
第一部	4	24	5
第二部	0	7	1
第三部	0	10	3

この結果から、各部に関して、次のことが指摘できる。

第一部については、冒頭文と同じく、Ⅱグループが中心的ではあるものの、Ⅰグループつまり後書きらしい末尾文がこの部にのみ見られる。第二部と第三部は同様の傾向にあり、Ⅱグループが中心的であるのは、第一部と同様である。

冒頭文に比べると、中間的なⅡグループが全体の四分の三ほどを占めるのは同じであるが、Ⅰグループと Ⅲグループの現われ方に逆行的な違いがある。つまり、比率的には一割前後であるとはいえ、冒頭文では、第三部に前書きらしさが、末尾文では第一部に後書きらしさがよく出ている巻が見られるということである。

グループ相互の関係

冒頭文と末尾文の各巻における関係を、Ⅰ～Ⅲのグループ単位で整理すると、次のような結果になる。

末＼冒	Ⅰ	Ⅱ	Ⅲ
Ⅰ	0	3	1
Ⅱ	4	33	4
Ⅲ	3	3	3

この表から、以下の三点が確認できる。

第一に、Ⅰグループ同士の関係にある巻は一つもないということである。つまり、「源氏物語」には、前書きと後書きの両方を明確に兼ね備えた巻は存在しないということである。

第二に、それでも、同じグループ同士の関係にあるのは、ⅡとⅢのグループで計三六巻もあるということである。前書き・後書きのらしさの度合い差はともかく、五四巻の約七割は互いに見合った程度の性質を持つ一文同士の関係にあるということである。そのうちの約九割がⅡグループつまり中間的な性質であるから、それらの冒頭文と末尾文は、前書き・後書きとして、本文と付かず離れずの関係にあると言えよう。

第三に、異なるグループ同士の関係にある一八巻において、その関係は全体にわたって分散していて、とくに偏りがないということである。その中で、ⅠとⅢという極端な組み合わせは、合計で四巻しか見られず、例外的とみなせる。

参考までに、同一グループ対応の巻数の割合を、第一部、第二部、第三部それぞれで見ると、第一部は約七割、第二部が約九割、第三部が五割弱であり、第一部を中間として、第二部と第三部が正反対に、平均からの隔たりがある。これは、第二部ではⅡグループ同士の対応が八巻中の七巻に見られ、第三部では一三巻中の四巻がⅠとⅡ、三巻がⅠとⅢになっていることによる。

項目ごとの対応関係

前書き・後書きとしての、本文からの異質性を評価する基準として、それぞれに一〇項目を設定し、該当数に応じてグループ分けをして、「源氏物語」各巻の冒頭文、末尾文、および両者の関係を見てきた。

各項目の重みもさまざまであり、項目相互の関係もいろいろであるから、単純に寄せ集めた該当数だけで、性質あるいは関係を云々することには問題があるという批判が、当然のように予想される。

それを覚悟のうえで、全巻を同一の基準によって量的に整理してみるとどうなるかを示したことになる。ここでは、さらに質的な観点も加えて、各項目における冒頭文と末尾文の相互関係を見てみることにする。

冒頭文と末尾文とでは、同じ一〇項目でも、そのすべての内容がそのまま対応しているわけではない。たとえば、A・B・C・E・F・Jの六項目はまったく同一であるが、それ以外は、観点は同じでも、実際に対象とする内容・表現は異なっている。これは冒頭文と末尾文の位置付けの違いによるのであって、それぞれの位置にあって、他の文とは差別化されるという点で共通しているとみなしたものである。

各巻の冒頭文と末尾文のそれぞれで該当する項目に関して、その項目が両文に共通していれば、そしてその数が多ければ、冒頭文と末尾文の、前書き・後書きとしての照応性が質的に高いと考えられる。

両文で共通する項目数ごとに分けて、それに相当する巻を挙げると、以下のとおりである。

四項目共通：　一巻（東屋）
三項目共通：　五巻（桐壺・紅葉賀・玉鬘・柏木・椎本）
二項目共通：一八巻（帚木・賢木・花散里・須磨・蓬生・関屋・薄雲・蛍・常夏・藤袴・梅枝・御法・橋姫・総角・宿木・浮舟・蜻蛉・手習）
一項目共通：二〇巻（末摘花・葵・明石・松風・朝顔・少女・初音・胡蝶・篝火・行幸・真木柱・藤裏葉・若菜上・横笛・夕霧・幻・匂宮・紅梅・竹河・早蕨）
〇項目　　：一〇巻（空蟬・夕顔・若紫・花宴・澪標・絵合・野分・若菜下・鈴虫・夢浮橋）

まず目に付くのは、共通して該当する項目が〇、つまりまったくない巻が、一〇巻もあるということである。これらの巻はもともと、冒頭文と末尾文のそれぞれにおける該当項目数が少ないということもある。

たとえば、若菜下巻は三項目ずつ、夢浮橋巻は三項目と四項目が、それぞれ該当しているにもかかわらずなのであるから、この二巻は前書き・後書きとしては中間的な位置付けながら、照応性は低いということになる。

それに対して、共通度が高いのは、四項目の一巻と、三項目の五巻である。最多の東屋巻の冒頭文と末尾文は、次のとおり。

〔冒〕　筑波山を分け見まほしき御心はありながら、端山の繁りまであながちに思入らむも、いと人聞きかろぐ〵しうかたはらいたかるべきほどなれば、おぼし憚りて、御消息をだにえ伝へさせ給はず、かの尼君のもとよりぞ、母北の方に、の給しさまなどたび〵ほのめかしをこせけれど、まめやかに御心とまるべき事とも思はねば、たゞさまでも尋ね知り給らん事とばかりおかしう思ひて、人の御ほどのたゞ今世にありがたげなるをも、数ならましかばなどぞよろづに思ける。

〔末〕　やどり木は色かはりぬる秋なれどむかしおぼえてすめる月かな

と古めかしく書きたるを、はづかしくもあはれにもおぼされて、
　里の名もむかしながらに見し人のおもがはりせるねやの月影
わざと返りこととはなくてのたまふ、侍従なむ伝へけるとぞ。　（東屋）

冒頭文と末尾文でそれぞれ該当するのが五項目と四項目のうち、共通しているのは、B・C・D・Iの四項目であり、語り（A）でもなく、一文が短く（J）もないものの、どれもおもに形式的な点においては、前書きと後書きらしい照応性が認められる。

三項目共通の五巻のうち、冒頭文と末尾文の該当項目数は、桐壺巻では五項目ずつ、紅葉賀巻では五項目と三項目、玉鬘巻では四項目ずつ、柏木巻では四項目と三項目、椎本巻では六項目と三項目であり、総じて共通率が高い。

もう一つ指摘すれば、一項目か二項目が共通する巻が合計で三八巻、全体の七割を占めるということである。この結果は、同じグループ同士の巻数の割合とほぼ重なり、「源氏物語」の冒頭文と末尾文の平均的な照応度ということになる。

各項目の共通度

今度は、該当項目ごとに、冒頭文と末尾文がどのくらい共通しているかを見ると、次のとおりである。

A：〇、B：五、C：二一、D：一〇、E：〇、F：九、G：五、H：八、I：三、J：一四

A項目（語り）とE項目（風景）の二項目は、前書き・後書きの要素としてかなり大きなウエイトを示すものであるが、冒頭文と末尾文で共通する巻は一つもない。ということは、両文によって文章が完結していることを示すような照応は認められないということになる。

もっとも多いのはC項目（前後巻）の二一巻であるが、これはすでに述べたように、後続巻の冒頭文によるところが大きいので、共通・関連するとはいえ、前巻の末尾文をそれと同等に扱うのは問題があろう。

D項目（引用）が一〇巻、F項目（状況）が九巻、H項目（時間表現）が八巻、と続くが、こ

の三項目すべてが共通する巻は一つもなく、二項目共通が賢木巻（F・H）、蓬生巻（F・H）、玉鬘巻（D・H）の三巻あるのみである。

巻配列順との関係

最後に、各巻の冒頭文と末尾文で該当項目が共通する項目数・項目記号と巻の配列順との関係を見てみる。

以下に示す配列順における各表記の説明をしておく。〔　〕内は、その巻における該当項目記号である（「0」は該当項目無し）。【　】で括ってある巻は、前にも示した玉鬘系の巻である。《　》は該当項目数が同じ巻が連続している範囲を示す。／は部の切れ目を示す。

桐壺〔DIJ〕・【帚木〔CF〕・《空蟬〔0〕・夕顔〔0〕】・若紫〔0〕》・末摘花〔D〕・
紅葉賀〔CDJ〕・花宴〔0〕・葵〔D〕・《賢木〔FH〕・花散里〔BC〕・須磨〔CF〕》・
明石〔J〕・澪標〔0〕・【《蓬生〔FH〕・関屋〔GJ〕》】・絵合〔0〕・松風〔J〕・
薄雲〔FH〕・《朝顔〔J〕・少女〔J〕》・【玉鬘〔BDH〕・《初音〔H〕・胡蝶〔H〕》・

《蛍〔BH〕・常夏〔HJ〕》・篝火〔F〕・野分〔0〕・行幸〔C〕・藤袴〔BC〕・真木柱〔C〕】・梅枝〔CD〕・《藤裏葉〔F〕・／
若菜上〔D〕》・若菜下〔0〕・柏木〔CGJ〕・横笛〔C〕・鈴虫〔0〕・夕霧〔F〕・御法〔GJ〕・《幻〔C〕・／
匂宮〔C〕・紅梅〔G〕・竹河〔F〕》・橋姫〔CJ〕・椎本〔CGJ〕・総角〔CJ〕・早蕨〔C〕・宿木〔CD〕・東屋〔BCDI〕・《浮舟〔CJ〕・蜻蛉〔CD〕・手習〔CI〕》・夢浮橋〔0〕

全体として、それぞれのパターンの出現の仕方に明確な規則性は認められず、ランダムに並んでいるようであるが、指摘しておきたいことが二点ある。

一つめは、冒頭巻と末尾巻についてである。冒頭の桐壺巻はそれなりの該当項目があるのに対して、夢浮橋巻には該当項目が一つもない。つまり、一つの巻としてのまとまり感に差があるということで、「源氏物語」全体として見た場合、冒頭巻と末尾巻は照応しているとは言いがたい。

二つめは、同じ該当項目数の巻の連続についてである。もっとも多いのは、幻巻から竹河巻までの四巻で、一項目のみ共通の巻が続いている。それに続くのは三巻連続で、空蟬・夕顔・若紫の三巻、賢木・花散里・須磨の三巻、浮舟・蜻蛉・手習の三巻である。そして、二巻連続が五個所あり、蓬生・関屋、朝顔・少女、初音・胡蝶、蛍・常夏、藤裏葉・若菜上に見られる。

これらで注目したいのは、それぞれの連続において、大方は共通する項目が重なっていないということ、そして、「源氏物語」の三部構成や、正編の紫上系と玉鬘系の二系統の境目ともほとんど重なっていないということである。

終章

非引用例

序章で予告したとおり、これまで必要に応じて、「源氏物語」各巻テキストの首尾文を繰り返し引用してきた。冒頭文であれ末尾文であれ、各章の観点から見て、顕著な、もしくは典型的な例を中心に取り上げてきたが、結果的に、巻によって引用の回数に差が生じている。冒頭文と末尾文の、どちらも一度も引用されなかった巻というのはさすがにないものの、どちらか片方しか引いていない巻が六巻ほどある。冒頭文で一巻、末尾文で五巻である。なぜそれらが引用されなかったか、これまでとは逆の観点から確かめておきたい。

まずは冒頭文で引用されなかったのは、玉鬘巻である。

年月隔たりぬれど、飽かざりし夕顔を露忘れ給はず、心〳〵なる人のありさまどもを見給ひ重ぬるにつけても、あらましかばと、あはれにくちおしくのみおぼし出づ。（玉鬘）

冒頭の「年月」は、時間指定に関わる冒頭語として取り上げたが、前書き基準からすれば、四項目（ＢＤＦ△Ｈ△）に該当し、末尾文とも三項目共通するという、まさに中間的な、その意味では特色のない冒頭文のありようになっている。

いっぽう、末尾文のほうで引用されなかったのは、明石、松風、紅梅、椎本、手習の五巻である。順に挙げてみよう。

花散里などにも、たゞ御消息などばかりにて、おぼつかなく、中〳〵うらめしげなり。（明石）

年の渡りにはたちまさりぬべかめるを、およびなきことと思へども、猶いかゞもの思はし

からぬ。（松風）

何かは、人の御ありさま、などかは、さても見たてまつらまほしう、生ひ先遠くなどは見えさせ給になど、北方思ほしよる時〱あれど、いといたう色めき給て、通ひ給ふ忍び所多く、八の宮の姫君にも御心ざしの浅からで、いとしげうまうでありき給、頼もしげなき御心のあだ〱しさなども、いとゞつゝましければ、まめやかには思ほし絶えたるを、かたじけなきばかりに、忍て、母君ぞ、たまさかにさかしらがりきこえ給ふ。（紅梅）

立ちたりつる君も、障子口にゐて、何ごとにかあらむ、こなたを見をこせて笑ひたる、いとあひぎやうづきたり。（椎本）

さすがに、その人とは見つけながら、あやしきさまに、かたちことなる人のなかにて、うきことを聞きつけたらんこそいみじかるべけれと、よろづに道すがらおぼし乱れけるにや。（手習）

五巻とも、末尾文らしさの感じられるところがあるだろうか。

手習巻の文末「にや」にはそれらしさが認められなくもないが、「さすがに、その人」で始まる一文は、前文とのつながりのほうを意識させるものになっている。その点では、紅梅巻も同様である。それ以外の三巻の末尾文は、一文が短いという点と状態を示すという点で共通しているものの、それらによって、そこで一つの物語が終わることを伝える表現になっているとは言えまい。

つまり、これらの末尾文も、取り立てるほどの特徴に乏しく、それゆえに平均的な一文であるために、あえて引用するには至らなかったということである。

引用回数

その逆もまた真と言えるか。小著での冒頭文と末尾文合わせての引用回数を見てみると、全体平均では約四回で、最多が八回、最少が一回となる。

一回しか引用されていないのは、右に挙げたうちの、松風と椎本の二巻で、八回も引用されているのは、関屋の一巻である。関屋巻では、冒頭文が三回、末尾文が五回も引用されている。それぞれどういう文だったか、再掲する。

〔冒〕　伊予の介といひしは、故院かくれさせ給て又の年、常陸になりて下りしかば、かの帚木もいざなはれにけり。

〔末〕　守もいとつらう、「をのれをいとひ給ふほどに、残りの御齢は多くものし給らむ、いかでか過ぐし給ふべき」などぞ、あいなのさかしらや、などぞはべるめる。（関屋）

説明は繰り返さないが、冒頭文も末尾文も、それぞれ前書き・後書きにふさわしく、かつ双方が照応する表現もいくつか認められる。

冒頭文と末尾文それぞれの引用回数では、どちらも平均は約二回で、最多は冒頭文で四回が三巻、末尾文が五回で一巻が相当する。末尾文五回引用の巻は、右に示した関屋巻であり、冒頭文で最多の四回引用は、紅葉賀、橋姫、宿木の三巻である。これらの冒頭文も、参考までに再掲しておく。

朱雀院の行幸は神な月の十日あまりなり。（紅葉賀）

そのころ、世に数まへられ給はぬ古宮おはしけり。（橋姫）

その比、藤壺と聞こゆるは、故左大臣殿の女御になむおはしける。（宿木）

あらためて説明するまでもなく、どの冒頭文も前書き的な要素から成り立っている。

冒頭文と末尾文の役割

冒頭文と末尾文は、その字義どおりならば、文章全体の冒頭と末尾に位置する一文ということにしかならないが、文章構造という点から見れば、単にその位置というだけでなく、それら以外の文とは異なる、構造上の特別な役割を担う。

その役割の典型の一つが、前書きと後書きとしての役割である。繰り返し述べてきたように、前書きと後書きとは、当該の文章全体において、その枠組みを示す、つまりこれから文章が始まる、あるいはここで文章が終わるという完結性を、メタレベルで明示するものである。それが古典の世界では、正統な文章の規範になっていた。物語もそういう規範に基づくのが基本であり、その冒頭あるいは末尾に、語り手が物語を語り始め、あるいは語り終えることを伝えるのが常套的であった。

そのような語り手の存在を文章の表面から消そうとしたのが、近代小説である。近代小説は、いきなり冒頭から物語の世界に入ってそのままで末尾を結ぶようになったのである。

旧著『最後の一文』（笠間書院）で取り上げた、日本の近代小説の諸作品における冒頭文と末尾文のほとんどは、視点人称の如何に関係なく、基本的に物語自体としての照応関係にあるものであった。

しかし、そのような冒頭文なり末尾文なりは、その位置付けの意識はともかく、近代になって初めて生まれたというわけではない。じつは、平安時代における女流日記文学、たとえば「蜻蛉日記」や「和泉式部日記」「更級日記」などは、そのジャンルならではの特性を生かした、いきなりその作品世界に入るという冒頭になっている（末尾は必ずしもそうではないけれど）。

さて、「源氏物語」の文章はどうかということになると、予想どおり、一筋縄ではいかないものであった。それは、「源氏物語」全体という、一つの完結した、大きな物語が成り立つとみなせるかどうかはさておいて、それを構成する五四巻それぞれが一つの文章としての完結性を持っているかどうか、ということに関してである。

じつは、各巻の冒頭あるいは末尾において、いわゆる草子地として、本文とは位相の異なる一文があり、かつ双方が照応するのはごくわずかであり、物語の定型としての痕跡は、冒頭文の場合は文頭と文末、末尾文の文末の表現にうかがえるにすぎない。

言い換えれば、大方の巻の冒頭文と末尾文は、物語内の出来事の記述に、程度差はあれ、直接的に関わっているということである。その意味では、形式的にはもとより、内容的にも、前書きあるいは後書きとしての性質を担っているとは言えない。小著において、前書き的、後書き的と「的」を付けて説明してきたのには、そういう事情もからんでいる。

巻ごとの完結性・照応性

「源氏物語」が五四の巻の集合体として伝えられてきたのは、紛れもない事実である。そして、タイトルも含め、それぞれが分離・独立した体裁になっていることは、各巻が独立した文章であることの、少なくとも形式上の必要条件たりえている。

問題は、表現・内容上の条件つまりその完結性・照応性も満たしているか、であった。このことはひいては、「源氏物語」全体の構成・配列ということも関わってくる。

単純な巻順の配列という点でも、三部構成あるいは紫上系と玉鬘系という二系統という点でも、それらとの関係において、いくつかの傾向性の相違は認められたものの、全体として、首尾文における完結性・照応性に関してはむしろ中間的なありようを示す巻が大勢を占め、その分布のばらつき具合からも、それがランダムなものか、意図的に配置したものか、見分けがつきがたい。

これは、序章に述べた「各巻を一つの文章とみなし、それぞれの文章自体の完結性の如何を、それに強く関与すると予測される首尾文から探ってみようとする」という、小著の仮定・予測・意図からすれば、その根本的な問い直しを迫られたことになる。すなわち、「源氏物語」は、各巻の文章をそもそも表現内容的に完結させようとしたのか、ということである。

各巻の首尾文が、物語と位相を異にするのではなく、物語内の出来事と関わりを持つものが大半であったから、その段落設定がそうであったように、本文との異質性は、あくまでも文脈解釈による相対的な差別化で計るしかない。「源氏物語」各巻の物語の冒頭文と末尾文との照応関係、そしてそれによって文章としての完結性が認められるとすれば、それは近代の短編小説のそれに近いものがある。あえて冒頭らしくも、末尾らしくも、照応しているようにも見せようとはしなかったのではないかということも含めて。

小著が検証しえたことがあるとすれば、それは、逆説めくが、「源氏物語」の各巻は、古典物語の、前書きと後書きを備えた、定型的な枠組み構成に徹しようとはしていない、ということになろう。

各巻の構成意図

それでは、「源氏物語」各巻の物語は、どのように始め、どのように終わらせようと意図されたのであろうか。

あえて強弁すれば、物語でありながらも物語ではない、終わっているけれど終わっていない、というアンビバレントをいかに成立させるかということだったのではないか。

「物語でありながらも」というのは、全体としても、各巻としても、内容的にはそれに足るものであるし、物語であること、それが終わっていることを示す表現上の痕跡もそこそこ残してはいる。しかし、そのうえで、前書きと後書きを付すような、予定調和的あるいは話型的な結構に依拠しきらない、つまり「物語ではない」「終わっていない」という書き方をめざしたのではないか、ということである。

そのような意図が「源氏物語」創作の当初からあったとは考えがたい。それは、現在あるような「源氏物語」全体の構想と同様である。定型的な物語ならば、「めでたし、めでたし」で終わる第一部だけで完結してもよかったはずである。

その第一部でさえも、各巻の首尾文のありようは一つのパターンに回収されるようなものにはなっていないのであった。しかも、部を追うごとに、首尾文の出現傾向も変化しているのであるから、そこには、書き手を同一人と認める限り、物語に対する意識・意図の変化が反映していると考えざるをえない。

その全体としての象徴的な現われが、桐壺巻の冒頭文と夢浮橋の末尾文の関係である。両巻の冒頭文と末尾文にはかろうじての照応性はあるものの、桐壺巻の冒頭文が定型的な物語の始まりを示している一文であるのに対して、夢浮橋巻の末尾文は、光源氏の死によっても物語を終らせることなく、さらに子供の代まで続けたうえで、なおその物語がまだ途中であることを示すような一文なのであった。

これは単なる途絶を意味するのではなく、まさに、連綿と続いてきた物語全体の完結性を最終的に回避するものだったように思えてならない。「源氏物語」という物語が永遠に続いてゆくかのように。

あとがき

「源氏物語」に関する一書をものすることになろうとは、夢にも思っていませんでした。学生の頃、佐藤喜代治先生の「源氏物語」講読会には欠かさず参加していましたし、その後も、必要に応じて「源氏物語」の用例を確認したり、関係する論文や研究書にも目を通したりしてきました。それでも、「源氏物語」そのものを対象とする論を構える気持にはとてもなれませんでした。

取り組むきっかけとなったのは、やはり冒頭文と末尾文でした。文章史的に見て、和文の文章の成立をどのように捉えればよいのかという問題意識から目を付けたのが、冒頭文と末尾文です。「源氏物語」は和文の集大成とも言える作品ですから、避けて通るわけにはいかなくなったのです。

冒頭文と末尾文に対する着目はともかく、それを「源氏物語」の各巻に当てはめてみるという試みは、それを話すと、周りの多くは呆れるか、諌めるかのどちらかでした。

無理もありません。冒頭文と末尾文だけからで、いったい「源氏物語」の何が分かるというのか、というわけです。いったん出来た粗稿を、源氏研究を志す、知り合いの院生に読んでもらった感想も、まあ、こういうのがあってもいいんじゃないですか、という程度でした…。

そもそも、「源氏物語」にどれほど格別の思い入れがあるのかと問われたら、返事に困ってしまうのが正直なところです。もちろん、単なるケーススタディの一つというつもりはないのですけれど、読みが浅いと言われたら、素直に認めるしかありません。

さすが「源氏物語」、こんな程度にまとめるだけでも、ずいぶん苦労しました。編集の方からのご指摘もあり、論旨の邪魔にならない範囲で、内容についてどれほど立ち入って説明したらよいか、判断に迷うことがしばしばでした。しかも、読みが浅いだけでなく、致命的なミスを犯していないか、不安を拭いきれません。何かお気付きの点がありましたら、ご教示いただければ幸いです。

「源氏物語」に関する研究の蓄積はとにかく膨大です。小著が取り上げたことに関する言及も、もしかしたらすでにあるのかもしれません。しかし、気にはなっても、門外漢の横着な管見の限りでは、見つけることができず、ほとんど触れていません。その点で失礼があるようでしたら、なにとぞご容赦ください。

せっかく公刊の機会を得たのですから、せめて、源氏プロパーではない者ならではの視点が、何らかの新たな研究のヒントぐらいにはなってくれることを、ひそかに願っています。

半沢　幹一（はんざわ　かんいち）
1954年2月9日　岩手県久慈市に生まれる
1976年3月　東北大学文学部国語学科卒業
2019年3月　東北大学大学院文学研究科博士後期課程修了
専攻　日本語表現学
学位　博士（文学）
現職　共立女子大学文芸学部教授
主著　『最後の一文』（2019年，笠間書院）
『藤沢周平　とどめの一文』（2020年，新典社）
『向田邦子の末尾文トランプ』（2020年，新典社）
『「枕草子」 決めの一文』（2022年，新典社）
『土左日記表現摘記』（2021年，笠間書院）
『古代歌喩表現史』（2022年，笠間書院）

「源氏物語《げんじものがたり》」巻首尾文論《まきしゅびぶんろん》　新典社選書 121

2024 年 2 月 9 日　初刷発行

著　者　半 沢　幹 一
発行者　岡 元　学 実

発行所　株式会社　新 典 社

〒111-0041　東京都台東区元浅草2-10-11　吉延ビル4F
ＴＥＬ　03-5246-4244　ＦＡＸ　03-5246-4245
振　替　00170-0-26932

印刷所　惠友印刷㈱　製本所　牧製本印刷㈱

ISBN 978-4-7879-6871-5 C1395
https://shintensha.co.jp/　E-Mail:info@shintensha.co.jp

新典社選書

B6判・並製本・カバー装　　＊10％税込総額表示

- (90) 歌舞伎を知れば日本がわかる　田口章子　一七六〇円
- (91) 明治、このフシギな時代 3　矢内賢二　一五四〇円
- (92) ゆく河の水に流れて ——人と水が織りなす物語——　山岡敬和　二三一〇円
- (93) 『源氏物語』忘れ得ぬ初恋と懸隔の恋 ——朝顔の姫君と夕顔の女君——　小澤洋子　一八七〇円
- (94) 文体再見　半沢幹一　二二〇〇円
- (95) 続・能のうた ——能楽師が読み解く遊楽の物語——　鈴木啓吾　二九七〇円
- (96) 入門　平安文学の読み方　保科　恵　一六五〇円
- (97) 百人一首を読み直す2 ——言語遊戯に注目して——　吉海直人　二九一五円
- (98) 戦場を発見した作家たち ——石川達三から林芙美子へ——　蒲　豊彦　二五八五円
- (99) 『建礼門院右京大夫集』の発信と影響　日記文学会 中世分科会　二五三〇円
- (100) 鳳朗と一茶、その時代 ——近世後期俳諧と地域文化——　金田房子 玉城　司　三〇八〇円
- (101) 賀茂保憲女　紫式部の先達　天野紀代子　二二一〇円
- (102) 「宇治」豊饒の文学風土 ——成立と展開に迫る決定七稿——　日本文学 風土学会　一八四八円
- (103) とびらをあける中国文学 ——日本文化の展望台——　高芝・遠藤・山崎 田中・馬場　二五三〇円
- (104) 後水尾院時代の和歌　高梨素子　二〇九〇円
- (105) 鎌倉武士の和歌 ——雅のシルエットと鮮烈な魂——　菊池威雄　二四二〇円
- (106) 古典文学をどう読むのか ——シェイクスピアと源氏物語と——　廣田　收 勝山貴之　二〇九〇円
- (107) 東京裁判の思想課題 ——アジアへのまなざし　野村幸一郎　二二〇〇円
- (108) 日本の恋歌とクリスマス ——短歌とＪ-ｐｏｐ　中村佳文　一八七〇円
- (109) なぜ神楽は応仁の乱を乗り越えられたのか　中本真人　一四八五円
- (110) 女性死刑囚の物語 ——明治の毒婦小説と高橋お伝——　板垣俊一　一九八〇円
- (111) 古典の本文はなぜ揺らぎうるのか　武井和人　一九八〇円
- (112) 『源氏物語』の時間表現　吉海直人　三三〇〇円
- (113) 五〇人の作家たち 日本文学って、おもしろい！　岡山典弘　一九八〇円
- (114) アニメと日本文化　田口章子　二〇九〇円
- (115) 円環の文学 ——古典×三島由紀夫を「読む」　伊藤禎子　三七四〇円
- (116) 明治・大正の文学教育者 ——黒澤明らが学んだ国語教師たち——　齋藤祐一　二九七〇円
- (117) ナルシシズムの力 ——村上春樹からまどマギまで——　田中雅史　二三一〇円
- (118) 『源氏物語』の薫りを読む　吉海直人　三三〇〇円
- (119) 現代文化のなかの〈宮沢賢治〉　大島丈志　三三〇〇円
- (120) 言葉で繙く平安文学　保科　恵　二〇九〇円
- (121) 「源氏物語」巻首尾文論　半沢幹一　一九八〇円